# Nora Roberts



# Aussi fort qu'autrefois

*Collection :* NORA ROBERTS

*Titre original :* OPPOSITES ATTRACT

*Traduction française de* FABRICE CANEPA

HARLEQUIN®
est une marque déposée par le Groupe Harlequin

*Photo de couverture*
*Mains :* © GRAPHICOBSESSION/MILENA BONIEK/PHOTOALTO/ROYALTY FREE
*Réalisation graphique couverture :* M. GOUAZE



83-85, boulevard Vincent-Auriol, 75646 PARIS CEDEX 13.
Service Lectrices — Tél. : 01 45 82 47 47
www.harlequin.fr
ISBN 978-2-2802-7773-0

# *Chapitre 1*

— Avantage, Starbuck, annonça l'arbitre de chaise d'une voix retentissante.

Une salve d'applaudissements retentit dans le stade couvert. Le silence qui suivit n'en parut que plus profond, presque religieux. Asher Wolfe huma l'odeur si caractéristique des lieux, un mélange de hot dogs, de pop-corn et de transpiration. Le public tout entier retenait son souffle, suspendu aux gestes des deux compétiteurs qui se préparaient déjà à un nouvel échange.

Asher observa attentivement Tyler Starbuck, le tennisman surdoué qui avait autrefois été son petit ami. Une fois de plus, elle songea que quelque chose en lui avait changé. Elle n'aurait pourtant su dire ce dont il s'agissait, exactement. Physiquement, il était toujours le même : mince, nerveux, rapide et doté d'une énergie qui paraissait inépuisable.

Au cours des trois dernières années, elle avait sciemment évité de regarder à la télévision les matchs auxquels il participait. Chaque fois qu'elle voyait son nom ou sa photographie dans les pages sportives ou mondaines des journaux, elle éprouvait un irrésistible pincement au cœur. Elle évitait donc soigneusement de lire les articles le concernant.

Lorsqu'ils avaient rompu, elle avait décidé que Tyler Starbuck ne ferait plus partie de sa vie. Et Asher n'avait pas pour habitude de revenir sur les résolutions qu'elle avait prises.

Elle avait donc longuement réfléchi avant d'accepter de participer au Championnat de tennis en salle des Etats-Unis. Pendant plusieurs semaines, elle avait pesé le pour et le contre. Et elle était parvenue à une conclusion logique et irréfutable : puisqu'elle avait repris sa carrière de joueuse internationale, elle serait amenée tôt ou tard à croiser Tyler sur le circuit. Elle ne pourrait fuir éternellement les questions de ses fans et de la presse qui voulaient savoir s'il restait quelque chose de leur liaison passée et s'ils envisageaient de sortir de nouveau ensemble.

Se concentrant sur le court central, Asher vit Tyler se préparer au service. Il adoptait la même position qu'autrefois et paraissait toujours aussi concentré tandis qu'il faisait rebondir la balle. Brusquement, il la propulsa en l'air et la cueillit au vol avec ce mélange de grâce et de force qui faisait l'admiration des commentateurs sportifs du monde entier.

La balle partit à une vitesse sidérante, propulsée dans le coin gauche du terrain. Un adversaire moins chevronné que Grimalier, le joueur français qu'il affrontait ce jour-là, n'aurait eu aucune chance de rattraper un tel service. Son retour fut aussi impitoyable et l'échange s'engagea, âpre, sans concession.

La foule retenait son souffle, observant la balle qui fusait d'un côté à l'autre du filet. La surface rapide donnait aux échanges des deux tennismen une vivacité incroyable. La moindre erreur de jugement, le moindre faux mouvement pouvaient s'avérer décisifs.

Mais Tyler n'en commettait aucun. La précision diabolique avait laquelle il renvoyait les balles les plus intimidantes était époustouflante. On aurait dit qu'il anticipait la plus infime intention de son adversaire.

Malgré elle, Asher ne put s'empêcher d'admirer la façon dont il se déplaçait sur le court. Il semblait anticiper chaque feinte, chaque effet et s'investissait avec la même énergie dans chaque échange, comme si la fatigue ne pouvait pas l'atteindre.

Et tandis qu'elle l'observait, les souvenirs affluaient sans qu'elle parvienne à juguler le flot d'émotions contradictoires qu'ils faisaient naître en elle. Une fois de plus, elle succombait à l'étrange fascination que Tyler exerçait sur elle. Et c'était quelque chose qu'elle ne pouvait se permettre.

Les deux hommes continuaient à s'affronter, livrant aux spectateurs un match exceptionnel. Les coups droits succédaient aux revers, les lobs aux balles coupées. C'était une véritable démonstration technique, un pur condensé de tennis.

Malgré la résistance impressionnante dont ils faisaient preuve, ils finirent par montrer quelques signes d'épuisement. Leurs T-shirts étaient imbibés de transpiration. Leurs coups s'accompagnaient de grognements rauques. C'était cela que voulait le public. De la sueur et des larmes, lui avait souvent répété son père.

Et, si Asher s'était jusqu'ici efforcée de rester parfaitement détachée, elle commençait elle aussi à se prendre au jeu. Jamais Tyler n'avait aussi bien joué. En dépit de l'intensité des échanges, il semblait conserver une certaine nonchalance.

Cela pouvait paraître assez paradoxal, mais c'était pourtant l'effet qu'il donnait. Ses mouvements trahissaient un mélange de puissance et de vitesse, mais ne paraissaient jamais forcés comme s'il savait doser très précisément ses efforts.

Il accélérait brusquement, s'immobilisait, repartait en sens inverse comme s'il se livrait à un ballet parfaitement chorégraphié. On aurait dit un escrimeur multipliant les feintes et les esquives avec une déconcertante facilité. Il y avait en lui quelque chose d'un héros de cape et d'épée, songea Asher.

Ses cheveux noirs légèrement trop longs de même que son visage étroit aux pommettes hautes et à la bouche étrangement sensuelle accentuaient cette impression, En fait, seul l'éclat acéré de son regard d'obsidienne révélait une concentration sans faille.

Son ardeur était communicative et la jeune femme sentait le public tout entier vibrer, suspendu à chacun de ses gestes. Elle-même avait l'impression de participer à cette danse effrénée, de ne faire qu'un avec lui. C'était une expérience à la fois troublante et terriblement excitante.

Brusquement, Tyler accéléra encore et, d'un revers parfaitement ajusté, projeta une balle à une vitesse prodigieuse sur la ligne de fond de court, obligeant le Français à se replacer en catastrophe. Il enchaîna par un coup droit meurtrier, envoyant la balle à l'autre bout du court avec une précision qui tenait du miracle.

— Out ! s'exclama l'arbitre de chaise.

Un cri de protestation s'éleva des tribunes. Tous les spectateurs, Asher y compris, étaient convaincus que la balle était bonne. Observant attentivement Tyler, elle attendit son inévitable explosion de colère.

Mais il se tenait immobile, les yeux fixés sur l'arbitre. La foule continuait à manifester bruyamment son désaccord, mais l'arbitre maintint sa décision. Le regard de Tyler exprimait clairement sa désapprobation, mais il ne protesta pas. Au lieu de cela, il se contenta d'essuyer la transpiration qui ruisselait le long de son visage et alla se repositionner derrière la ligne de fond de court.

Asher était tout bonnement stupéfaite. Trois ans auparavant, jamais Tyler n'aurait fait preuve d'une telle retenue. Au contraire, il aurait contesté la décision, exigeant une vérification de la trace laissée par la balle et manifestant sa colère par quelques commentaires bien sentis et un de ces lancers de raquette dont il était familier.

Le contrôle de soi dont il faisait preuve prouvait combien il avait changé. Il en fut d'ailleurs récompensé puisque son service suivant cloua son adversaire sur place, à la grande satisfaction du public qui lui témoigna son approbation par une clameur retentissante.

— Avantage, Starbuck, déclara l'arbitre.

Tyler se replaça aussitôt. Son attitude ne trahissait aucun triomphalisme. Pour lui, cet ace appartenait déjà au passé, de même que la décision litigieuse de l'arbitre. Seul comptait le coup suivant.

Une fois de plus, il servit à près de deux cents kilomètres-heure. Mais Grimalier était prêt et il effectua un retour impressionnant. Une fois de plus, l'échange s'engagea, âpre et sans concession. Le duel gagna encore en intensité tandis que le public retenait son souffle.

Le silence était si religieux que l'on entendait parfaitement les crissements des chaussures des deux joueurs, leurs halètements rauques et les chocs retentissants de la balle contre le tamis de leurs raquettes. Le temps paraissait suspendu au rythme infernal de la balle qui fusait d'un côté à l'autre du filet, paraissant gagner en vitesse à chaque nouvel échange.

Tyler enchaîna une série d'amortis qui forcèrent Grimalier à monter au filet. Il loba alors, l'obligeant à reculer brusquement en fond de court. Seules la technique et la chance permirent au Français de renvoyer cette balle assassine. Mais Tyler était monté à son tour et d'un smash retentissant, il écrasa la balle hors de portée de son adversaire, concluant ainsi un match qui avait duré plus de deux heures et demie.

— Jeu, set et match, Tyler Starbuck, annonça l'arbitre tandis que la foule entière se dressait comme un seul homme pour saluer cette démonstration de force.

Sans même s'en rendre compte, Asher s'était levée, elle aussi, et applaudissait à tout rompre. Une fois de plus, elle fut stupéfaite de constater la maîtrise dont faisait preuve Tyler. Il ne jeta pas sa raquette en l'air, n'eut aucun geste triomphant, ne poussa aucun cri de joie.

Au contraire, il se contenta de gagner le filet pour serrer cordialement la main de son adversaire. Tous deux allèrent ensuite saluer l'arbitre avant de regagner leurs chaises pour récupérer leurs sacs.

Comme Asher sentait l'adrénaline refluer en elle, elle réalisa que le moment qu'elle avait tant redouté approchait. Bientôt, elle se retrouverait face à lui. Et elle ignorait totalement la façon dont il réagirait à sa présence. Cela faisait plus de trois ans qu'elle ne l'avait pas vu et elle ne savait pas ce qu'il avait ressenti lorsqu'elle était partie.

L'avait-elle blessé ? Peut-être. Une chose, au moins, était sûre : elle avait froissé son amour-propre. Or Tyler était un homme très fier et il ne lui pardonnerait pas ce qu'il considérait certainement comme une humiliation. Face à sa colère, elle était bien décidée à faire preuve de calme et de pondération.

En tant que sportive de haut niveau, elle était habituée à exercer une parfaite maîtrise d'elle-même. Cela faisait partie de son jeu, au même titre que son service et son coup droit. Au cours des mois précédents, elle s'était préparée à cette rencontre et entendait bien y faire face avec dignité.

Elle irait le trouver lorsqu'il serait sorti du vestiaire et aurait répondu aux questions de la presse. Elle le féliciterait pour sa victoire et lui annoncerait son intention de revenir dans la compétition. En prenant ainsi l'initiative, elle pensait éviter d'être prise au dépourvu.

Mais, alors même qu'elle se faisait cette réflexion, Tyler se tourna vers elle et la fixa droit dans les yeux. L'intensité de son regard la cloua sur place et elle sentit les battements de son cœur s'emballer. Son expression ne trahissait aucune émotion. En fait, il paraissait aussi concentré que lorsqu'il était en train de jouer.

Puis, brusquement, il lui sourit. Ce n'était pas une marque de cordialité ou de sympathie mais un défi silencieux. Et, tandis que la foule scandait son nom, il resta parfaitement immobile, la dévorant des yeux. La distance qui les séparait semblait avoir été abolie et l'épine dorsale d'Asher fut parcourue d'un long frisson glacé.

Elle réalisa alors que ces retrouvailles seraient sans doute bien plus difficiles qu'elle ne l'avait escompté. Car elle ne devrait pas seulement compter avec la colère de Tyler, mais aussi avec l'attirance qu'il continuait à exercer sur elle. La partie qui s'offrait à elle était sans doute l'une des plus dangereuses qu'il lui ait jamais été donné de disputer.

Il se détourna alors et salua le public en levant sa raquette. Asher sentit la tension disparaître lentement en elle, remplacée par une pointe de colère irrationnelle. Depuis le début, il savait qu'elle se trouvait dans le public. Il lui avait délibérément laissé croire qu'elle bénéficiait de l'effet de surprise.

Puis, d'un seul regard, il lui avait fait comprendre qu'il n'en était rien et qu'il entendait bien mener le jeu à sa façon. Or elle ne pouvait se permettre de perdre l'initiative. Que ce soit sur le court ou dans la vie, Tyler était un adversaire redoutable qui savait profiter du moindre avantage pour remporter une victoire écrasante.

Et c'était un risque qu'elle ne pouvait pas prendre.

Asher Wolfe était une femme mince et longiligne dont l'apparente fragilité cachait une force physique et mentale hors du commun. Ses cheveux blonds étaient coupés court et contrastaient avec son visage bronzé par les heures passées à jouer en plein soleil.

Au cours des trois années qu'avait duré sa retraite anticipée, elle n'avait guère changé. Son visage avait conservé cette beauté altière qui paraissait plus adaptée aux pages des magazines de mode qu'aux terrains de tennis. A la voir au milieu des tribunes, on aurait aisément pu la prendre pour l'une des femmes de la jet-set qui fréquentaient assidûment les tournois de ce genre.

Son nez petit et légèrement retroussé, sa bouche pleine et généreuse, ses pommettes hautes et marquées et l'ovale parfait de son visage lui conféraient une beauté teintée d'une noblesse et d'une distinction naturelles. Ses yeux immenses d'un bleu qui tirait légèrement sur le violet lui donnaient un air faussement innocent.

Sur les courts comme dans la vie, elle ne portait jamais ni bijoux ni maquillage, préférant la simplicité et le naturel aux artifices de la féminité. Cela n'avait pas empêché la plupart des journalistes sportifs de vanter à grands renforts de superlatifs la beauté de celle qu'ils appelaient parfois l'ange de glace.

Car elle était tout aussi réputée pour son charme que pour sa froideur apparente. Lorsqu'elle jouait, son visage devenait un masque dénué de toute émotion. Elle ne manifestait jamais ni joie, ni colère, ni satisfaction, ni frustration. Cette capacité à garder en toutes circonstances un calme olympien était à ses yeux l'une de ses principales qualités.

Pendant des années, elle avait fait preuve de la même maîtrise de soi dans sa vie personnelle. Ce n'était pas vraiment un choix conscient, d'ailleurs. En fait, son existence tout entière gravitait autour du tennis et de sa carrière. La frontière qui séparait la femme de l'athlète s'était donc estompée.

De plus, elle avait hérité de son père un attachement ardent à son indépendance. Comme lui, elle était un personnage public et sa vie s'étalait dans les pages des journaux et des magazines. Il lui avait donc fallu endosser très jeune un masque impassible derrière lequel elle pouvait se retrancher à tout instant pour préserver un semblant d'intimité.

Une seule personne avait su faire voler en éclats cette armure d'indifférence et la mettre à nu. Et cela avait bien failli la détruire. Aujourd'hui, elle était déterminée à ne plus jamais commettre une telle erreur.

Tandis qu'elle se tenait immobile dans les gradins,

le regard fixé sur le court à présent déserté, son expression ne trahissait rien du désarroi et de l'angoisse qui l'habitaient. Elle paraissait parfaitement calme et détachée, comme si rien ne pouvait l'atteindre.

De fait, les spectateurs qui s'étaient approchés d'elle durent l'interpeller à deux reprises avant qu'elle ne prenne conscience de leur présence. Elle réalisa brusquement qu'ils l'avaient reconnue et lui demandaient des autographes. Elle les signa, heureuse de n'avoir pas complètement disparu de la mémoire des aficionados du tennis.

Elle répondit aux questions qu'ils lui posèrent, leur indiquant son intention de se relancer dans la compétition. Elle n'eut aucun mal à désamorcer les allusions à sa relation avec Tyler, expliquant d'un ton léger que tous deux étaient de simples amis, à présent.

Evidemment, ce genre de déclaration ne convaincrait pas aussi facilement les reporters qui étaient toujours friands d'histoires d'amour ou de relations sulfureuses. Mais ses fans s'en contentèrent.

Après avoir discuté quelques minutes avec eux, elle se dirigea vers la sortie des vestiaires. Au passage, elle salua plusieurs joueurs qu'elle connaissait personnellement : l'une de ses anciennes adversaires, une partenaire avec laquelle elle avait disputé plusieurs doubles et Chuck Prince, le meilleur ami de Tyler qui avait l'un des plus remarquables jeux de jambes de la compétition.

Elle comprit rapidement que son retour dans le petit monde très fermé du tennis de haut niveau n'était pas passé inaperçu. Dès ce soir, tous commenteraient le retour d'Asher Wolfe dans le championnat et spéculeraient sur ses chances de retrouver la place qu'elle occupait autrefois.

Evidemment, nombreux seraient ceux qui s'interrogeraient sur ses relations avec Tyler…

— Asher ! s'exclama Chuck en la serrant si fort contre lui qu'il faillit lui écraser les côtes. Je suis vraiment content de te revoir !

Il fit un pas en arrière et la contempla de la tête aux pieds avant de hocher la tête d'un air approbateur.

— Tu as l'air en forme, conclut-il.

— Toi aussi, répondit Asher.

C'était un euphémisme. Car si Chuck n'avait rien de remarquable physiquement, il émanait de lui un charisme et un pouvoir de séduction qui ne laissaient aucune femme indifférente. Et il n'hésitait jamais à en jouer.

— Personne ne m'avait dit que tu étais revenue, se plaignit-il en la prenant par les épaules pour l'entraîner un peu à l'écart de la foule de leurs admirateurs. Je ne savais même pas que tu étais là, jusqu'à ce que…

Il s'interrompit, ne sachant comment qualifier

le regard que Tyler et elle avaient échangé à la fin du match.

— Pourquoi est-ce que tu ne m'as pas appelé ? demanda-t-il d'un air réprobateur.

— Je n'ai décidé de venir qu'au tout dernier moment, expliqua-t-elle. D'ailleurs, je suis juste là en spectatrice…

— Tu as vu ce match ? s'exclama Chuck avec un enthousiasme presque enfantin. C'était complètement fou ! Je crois que je n'ai jamais vu Tyler jouer aussi bien. Trois aces en un set ! Contre Grimalier, en plus !

— Il a toujours eu un service extraordinaire, reconnut Asher.

— Est-ce que tu lui as parlé ?

De la part de toute autre personne, une question aussi indiscrète aurait été accueillie par un regard glacé. Mais Chuck était un garçon bien trop désarmant pour subir un tel traitement.

— Non. Je voulais le voir après le match pour ne pas troubler sa concentration. A vrai dire, je ne pensais pas qu'il était au courant de ma présence.

Comment avait-elle pu penser qu'il se laisserait distraire en la voyant ? Rien ni personne ne pouvait le détourner de son but, une fois qu'il s'était mis en tête de remporter un match…

— Tu sais, il est devenu complètement fou lorsque tu es partie, lui avoua Chuck.

Un brusque sentiment de culpabilité l'envahit

et elle dut faire appel à toute sa volonté pour ne pas trahir son désarroi.

— Je suis certaine qu'il s'en est remis très vite, répliqua-t-elle d'un ton qui se voulait léger.

Chuck ne répondit pas, mais ses yeux lui indiquaient clairement qu'elle se trompait à ce sujet.

— Qu'est-ce que tu deviens ? lui demanda-t-elle pour faire diversion. La dernière fois que je t'ai vu, c'était à la télévision. Tu vantais les mérites d'une marque de chaussures de tennis.

— Comment est-ce que tu m'as trouvé ? demanda-t-il en souriant.

— Sincère, répondit-elle sans hésiter. J'ai même failli en acheter une paire.

— A vrai dire, j'essayais de donner une image un peu macho, soupira Chuck.

Asher éclata de rire.

— Avec cette tête ? s'exclama-t-elle en lui pinçant affectueusement la joue. C'était perdu d'avance. Tu es le genre de garçon auquel toutes les mères donneraient le bon Dieu sans confession ! A tort, d'ailleurs…

— Pas si fort ! protesta-t-il d'un air faussement inquiet. J'ai une réputation à défendre.

— J'ai bien peur qu'elle n'en ait pris un coup lorsque tu es sorti avec cette strip-teaseuse à Sydney, remarqua malicieusement Asher.

— Ce n'était pas une strip-teaseuse mais une

danseuse exotique, corrigea sentencieusement Chuck. Et il s'agissait juste d'un échange culturel.

— Moi, j'ai trouvé que tu avais l'air plutôt mignon avec ce boa rose. C'est une couleur qui te va bien.

— Ta langue de vipère m'a vraiment manqué, tu sais, déclara-t-il en la serrant une fois de plus dans ses bras.

Asher se rembrunit brusquement.

— Toi aussi, tu m'as manqué, lui dit-elle. Et tout ça aussi, ajouta-t-elle en englobant le court d'un geste. Je n'avais pas réalisé à quel point, jusqu'à ce que j'arrive ici aujourd'hui…

Elle soupira et contempla le stade d'un air rêveur.

— Trois ans, murmura-t-elle pour elle-même.

— L'essentiel, c'est que tu sois revenue, déclara Chuck avec conviction.

— Pas tout à fait, objecta-t-elle. Mais dans deux semaines, ce sera peut-être le cas…

— Tu penses participer à l'open d'Italie ?

Asher hocha la tête.

— Oui, répondit-elle. Je n'ai jamais gagné sur cette maudite terre battue italienne, mais je suis bien décidée à changer cela !

— Tu as toujours eu un problème de rythme, sur cette surface, fit une voix derrière elle.

Malgré elle, Asher ne put retenir un frisson.

Lorsque Asher se tourna vers lui, Tyler constata avec une pointe de résignation qu'elle était aussi belle qu'autrefois et que le contrôle qu'elle exerçait sur elle-même était toujours aussi absolu. Son expression ne trahissait aucune émotion.

— C'est ce que tu m'as toujours dit, acquiesça-t-elle d'une voix égale.

Le choc qu'elle avait éprouvé lorsqu'il l'avait regardée dans les tribunes s'était quelque peu atténué, mais elle ne parvenait pas pour autant à se défaire de la nervosité qui l'habitait.

— Tu as merveilleusement joué, aujourd'hui, lui dit-elle. A part au premier set…

Ils étaient séparés par cinquante centimètres tout au plus et chacun cherchait vainement chez l'autre un changement qui aurait pu atténuer l'impression troublante de familiarité qu'ils ressentaient en cet instant. Les trois ans qui s'étaient écoulés auraient tout aussi bien pu n'avoir duré qu'une poignée d'instants.

Asher réalisa brusquement que dix ans de plus n'auraient probablement rien changé à ce qu'elle éprouvait. Quoi qu'elle fasse, elle ne parviendrait jamais à maîtriser la réaction qu'il faisait naître au plus profond d'elle-même. Son cœur battrait toujours plus vite lorsqu'il serait auprès d'elle. Et elle n'y pouvait rien. En revanche, elle était bien décidée à ne pas dévoiler ses sentiments. Si elle voulait conserver un semblant de contrôle sur cette situation, elle ne pouvait se permettre de se trahir.

Pendant les quelques instants qui s'étaient écoulés,

plusieurs journalistes s'étaient rassemblés, brûlant sans doute de décrocher une exclusivité sur l'état de leurs relations. Ils se massèrent en cercle autour d'eux, les poussant un peu plus l'un vers l'autre.

Comprenant qu'ils ne pourraient jouir d'aucun semblant d'intimité dans ces conditions, Tyler prit brusquement Asher par le bras et l'entraîna vers la porte la plus proche. Le fait qu'il s'agisse de toilettes réservées aux femmes ne parut pas le gêner le moins du monde et il la poussa à l'intérieur avant d'entrer à son tour et de refermer la porte derrière eux.

Il s'y adossa et la contempla longuement, ce qui ne contribua guère à atténuer la nervosité de la jeune femme.

Une fois de plus, elle fut incapable de déchiffrer les sentiments qu'elle lui inspirait. Son regard paraissait détaché, à la limite distant, tandis qu'il la dévisageait en silence. Par contre, elle sentait de façon quasi physique la prodigieuse énergie qui l'habitait en cet instant. Elle avait presque l'impression de se retrouver face à un fauve.

Plus Tyler l'observait et plus il sentait diminuer la méfiance et la rancœur qui l'avaient envahi. La beauté et la sérénité qui émanaient d'elle avaient toujours eu un effet apaisant sur lui. Mais il était bien décidé à ne pas se laisser désarmer aussi facilement.

— Tu n'as pas changé, déclara-t-il enfin.

— Tu te trompes, répondit-elle.

Comme pour le confirmer, elle sentait son cœur battre la chamade et d'irrépressibles frissons courir le long de sa colonne vertébrale. Jamais elle ne s'était sentie aussi démunie, aussi exposée.

— Nous verrons bien, fit-il.

Tyler avait toujours été quelqu'un de très tactile. Lorsqu'il s'exprimait, c'était avec les mains. Lorsqu'il parlait à quelqu'un, il fallait souvent qu'il le touche pour établir le contact. Asher se rappelait parfaitement le contact de ses doigts sur ses joues, ses cheveux ou ses épaules.

C'était l'une des choses qui l'avaient toujours fascinée chez lui. Aussi était-elle très surprise de le voir garder les bras résolument croisés sur sa poitrine tandis qu'il l'étudiait attentivement.

— Moi, j'ai remarqué que quelque chose avait changé chez toi, remarqua-t-elle pour dissiper le silence pesant qui s'était installé. Tu ne t'es pas disputé une seule fois avec l'arbitre. Même lorsqu'il a soutenu le juge de ligne qui s'était trompé et que tu avais tout le public de ton côté.

— J'ai cessé de faire ce genre de choses il y a bien longtemps, répondit-il.

— Vraiment ? fit-elle. J'avoue que je n'ai pas trop suivi la compétition, ces dernières années…

— Tu préférais opter pour l'amputation totale et définitive, je suppose, railla-t-il.

— Oui, répondit-elle.

Elle commençait à trouver ce face-à-face oppressant et aurait voulu s'éloigner de lui. Malheureusement, il bloquait la seule issue de la pièce.

— Cela me paraissait plus sage, ajouta-t-elle.

— Et maintenant ?

— Maintenant, je veux revenir à la compétition.

L'odeur de Tyler s'insinuait en elle, évoquant mille souvenirs qu'elle avait crus à jamais enfuis. Elle évoquait la tendresse, la douceur et la passion. Elle lui parlait de baisers et d'étreintes, de câlins et de nuits torrides. Et cela la rendait folle.

Jamais personne ne l'avait aimée comme lui. Jamais plus personne ne le ferait, elle en était certaine. Il avait su faire voler en éclats tous les remparts qu'elle avait érigés autour d'elle, toutes les murailles qu'elle avait dressées pour se protéger du monde extérieur.

Et elle savait que, s'il la touchait en cet instant, elle serait totalement incapable de lui résister. Terriblement mal à l'aise, elle croisa les mains. Ce geste n'échappa pas à Tyler qui la connaissait suffisamment pour savoir que c'était l'un des rares tics susceptibles de trahir sa nervosité.

— Tu seras à Rome ? lui demanda-t-il.

Elle hocha la tête.

— Cette fois, il faudra que je passe par les qualifications, lui dit-elle avec un pâle sourire.

— Tu as travaillé ton revers ?

— Oui, répondit-elle, sachant que c'était l'un de ses points faibles autrefois.

Aujourd'hui, elle n'avait plus vraiment de références pour évaluer son propre niveau.

Tyler tendit la main vers elle et tâta son avant-bras.

— J'ai toujours été sidéré par ta force, remarqua-t-il. Tu as repris la musculation.

Une fois de plus, elle hocha la tête, bien plus troublée qu'elle ne l'aurait voulu par ce contact apparemment innocent. Il dut le sentir et laissa glisser ses doigts jusqu'à son poignet. Elle se demanda s'il pouvait sentir son pouls battre la chamade.

— Ainsi, lady Wickerton nous fait l'honneur de remonter sur le ring.

— Mademoiselle Wolfe, corrigea-t-elle, blessée. J'ai repris mon nom de jeune fille.

— Le divorce a été prononcé ?

— Il y a trois mois.

— Dommage, répliqua-t-il, une lueur de colère dans les yeux. Ce titre t'allait bien. J'imagine que tu avais vraiment fière allure dans un beau manoir anglais, entourée de domestiques et de servantes. Tu m'as toujours fait penser à l'un de ces personnages tout droit sortis d'un film de James Ivory…

— Je crois que les journalistes t'attendent, rétorqua-t-elle sèchement.

Elle fit mine de s'écarter de lui, mais sa main se referma sur son poignet, l'immobilisant sur place.

— Pourquoi, Asher ? lui demanda-t-il.

Il s'était juré que, s'il la revoyait un jour, il ne s'abaisserait pas à lui poser la question. Mais il avait besoin de savoir, besoin de boire la coupe jusqu'à la lie. Car le plus intolérable, c'était encore de ne pas comprendre les raisons qui l'avaient poussée à partir.

— Pourquoi t'es-tu enfuie de cette façon ? insista-t-il. Pourquoi as-tu épousé ce type sans même me faire l'aumône d'une explication ?

— Cela ne regarde que moi, répondit-elle, déchirée intérieurement par la souffrance qu'elle percevait dans son regard.

— Comment peux-tu dire une chose pareille ? s'exclama-t-il, furieux. Nous sommes restés ensemble pendant plusieurs mois ! Du jour au lendemain, tu m'as laissé tomber pour aller te marier avec un lord anglais que tu connaissais à peine ! Et il a fallu que ce soit ma sœur qui me mette au courant. Tu n'as même pas eu la décence de me le dire les yeux dans les yeux !

— Je ne tiens pas à parler de décence avec toi, Tyler !

Elle ravala les accusations qui lui brûlaient les lèvres. Elle s'était promis de ne pas s'abaisser à les formuler à voix haute.

— J'ai fait mon choix et je n'ai pas à me justifier devant toi.

— Nous étions amants, lui rappela-t-il. Nous avons vécu ensemble pendant plus de six mois !

— Je n'étais pas la première à qui cela arrivait.

— Est-ce pour cela que tu es partie ? Je ne te l'avais pourtant jamais caché.

— Cela n'a rien à voir. Je te l'ai dit : j'ai fait mon choix. Maintenant, laisse-moi, s'il te plaît.

Tyler avait toujours été à la fois fasciné et dérouté par le self-contrôle dont Asher faisait preuve en toutes circonstances. La plupart des gens pensaient qu'il s'agissait d'une marque de froideur. Un journaliste avait même écrit que de l'eau glacée coulait dans ses veines en guise de sang.

Mais Tyler savait pertinemment qu'il s'agissait d'un contresens absolu. Asher était en réalité quelqu'un de très sensible. Et si elle se montrait aussi froide, c'était avant tout pour se protéger. Pourtant, en cet instant, il avait terriblement envie de la secouer jusqu'à ce qu'elle tombe le masque et lui révèle ce qu'elle éprouvait réellement.

Il aurait aussi voulu l'embrasser pour lui prouver que le désir qu'elle avait de lui autrefois n'avait pas disparu, qu'il était toujours là, quelque part. Mais il ne voulait céder ni à la colère ni à la passion, craignant que l'intensité de ses propres sentiments ne l'emmène beaucoup trop loin.

— Nous n'en avons pas fini, Asher, la prévint-il en relâchant son poignet. Tu me dois toujours une explication.

— Non, répliqua-t-elle durement. Je ne te dois rien du tout.

— Oh, si ! renchérit-il en lui décochant un sourire dénué de toute aménité. Tu me dois trois ans de ma vie et je suis bien décidé à te les faire payer.

Sur ce, il se détourna et ouvrit la porte des toilettes. Asher n'eut d'autre choix que de lui emboîter le pas pour rejoindre la cohorte de journalistes qui les attendaient. Immédiatement, les questions fusèrent de toutes parts.

— Asher ? Que ressentez-vous en revenant enfin au pays ?

— Je suis heureuse d'être de retour.

— Qu'avez-vous à déclarer au sujet des rumeurs qui circulent et selon lesquelles vous seriez sur le point de reprendre votre carrière ?

— Qu'elles sont parfaitement justifiées. Je compte réintégrer le circuit dès l'open de Rome.

Cette révélation fit naître toute une série d'autres questions auxquelles elle s'efforça de répondre de son mieux. Elle n'avait jamais vraiment apprécié la presse et se rappelait toujours les conseils avisés de son père à ce sujet : « Ne leur révèle jamais rien de plus que le strict nécessaire, ne les laisse jamais voir ce que tu ressens, ne les laisse jamais prendre l'ascendant sur toi, sinon ils te dévoreront… »

Elle savait pourtant que le journalisme était une composante importante de son métier de sportive professionnelle. L'exposition médiatique garantissait l'intérêt des sponsors qui permettaient de vivre de sa passion. Réprimant sa nervosité, elle se prêta donc au petit jeu convenu des questions-réponses.

Pendant tout ce temps, Tyler se tenait un peu à l'écart, visiblement décidé à ne lui apporter aucune aide.

— Est-ce que votre père viendra vous voir jouer à Rome ? demanda l'un des reporters.

— C'est possible, mentit Asher en s'efforçant de réprimer la douleur que cette question faisait naître en elle.

— Avez-vous demandé le divorce pour pouvoir vous consacrer de nouveau à votre carrière ?

— Non. Ce divorce n'est aucunement lié à ma vie professionnelle.

Ce n'était pas tout à fait la vérité, songea-t-elle.

— Qu'est-ce qui vous inquiète le plus, aujourd'hui ? Des joueuses jeunes que vous ne connaissez pas encore comme Kingston ou celles contre lesquelles vous jouiez autrefois comme Martinelli ?

— Je vous dirai cela quand je les aurai affrontées, répondit-elle avec un sourire forcé qui dissimulait parfaitement son inquiétude.

— Est-ce que Starbuck et vous allez vous remettre ensemble ?

— Starbuck n'a jamais joué de doubles, répliqua-t-elle avec une parfaite mauvaise foi.

— Qui sait ? intervint celui-ci en passant un bras autour des épaules de la jeune femme. Cela pourrait bien changer un jour… Gardez les yeux grands ouverts, mes amis. Dieu seul sait de quoi l'avenir peut être fait. N'est-ce pas, Asher ?

Elle lui répondit par un sourire glacé.

— Je ne sais pas, Tyler. Tu as toujours été beaucoup plus imprévisible que moi…

Il sourit à son tour, mais de manière bien plus suggestive.

— Vraiment ? fit-il.

Puis il se pencha vers elle et effleura ses lèvres d'un baiser. Ce geste fut accueilli par un tollé de cris et de sifflets enthousiastes ainsi que par le crépitement des flashes. Lorsque Tyler s'écarta, une lueur amusée dansait dans ses yeux. Ceux d'Asher, au contraire, étaient emplis d'une désapprobation qu'elle ne pouvait se permettre de formuler à voix haute.

— Asher et moi avons beaucoup de temps à rattraper, déclara Tyler.

— A Rome ? demanda un reporter.

Tyler attira la jeune femme contre lui.

— Pourquoi pas ? C'est là que tout a commencé, après tout…

# *Chapitre 2*

Rome. Le Colisée. La fontaine de Trevi. Le Vatican. L'Empire romain, ses conquêtes, ses défaites, ses triomphes et ses tragédies. Ses théâtres et ses gladiateurs. C'est surtout à eux que pensait Asher en contemplant le Foro Italico.

Au fond, ce complexe sportif moderne avait la même fonction que les arènes d'autrefois. Des milliers de spectateurs venaient y trouver leur content d'émotions fortes, d'angoisses, de victoires et de larmes.

C'était un endroit très impressionnant. Mais Asher aimait ses allées ombragées de pins, ses statues colossales et les collines qui se détachaient en arrière-plan, offrant un panorama grandiose. Des dizaines de milliers de personnes envahissaient les pelouses et les tribunes chaque année.

Les Italiens se montraient généralement très enthousiastes, manifestant par leurs cris, leurs chants et leurs sifflets les émotions que leur inspiraient les matchs auxquels ils assistaient. Asher aimait cette ambiance survoltée qui contrastait avec l'attitude respectueuse et légèrement distante qui prévalait dans la plupart des autres pays.

Le Foro était également un endroit symbolique à ses yeux. A double titre, d'ailleurs, puisque c'était là qu'elle avait décidé de consacrer sa vie au tennis et qu'elle était tombée éperdument amoureuse de Tyler.

Elle n'avait que sept ans lorsqu'elle avait vu son père remporter la finale de l'open d'Italie sur le court central. Bien sûr, ce n'était pas la première fois qu'elle le voyait jouer. Aussi loin que remontaient ses souvenirs, elle se rappelait ses entraînements quotidiens et les matchs qu'il disputait.

Jim Wolfe était déjà un champion reconnu lorsqu'elle était née. C'est lui qui lui avait appris à jouer dès l'âge de trois ans. Grâce à lui, elle avait eu l'occasion de fréquenter la plupart des grands tennismen de l'époque. Son jeune âge et son caractère bien trempé avaient fait d'elle la mascotte du circuit et elle avait suivi son père aux quatre coins du monde.

En fait, le tennis et la compétition avaient été les seules véritables constantes de son existence. Dès l'âge de trois ans, elle avait dormi dans de luxueux hôtels, foulé les pelouses de Wimbledon, pris l'avion presque chaque semaine et rencontré les célébrités et les hommes politiques des pays où étaient organisées les diverses compétitions.

Cette existence étrange n'avait pris fin que lorsque

sa mère était décédée et que son père s'était résigné à la placer en pension. Un an plus tard, elle l'avait vu remporter une nouvelle victoire en Italie et avait décidé de suivre la même voie que lui.

Elle se rappelait parfaitement lui avoir déclaré qu'elle aussi, un jour, sortirait du *campo* central sous les bravos de la foule. Il avait hoché la tête et lui avait répondu que, si telle était vraiment son intention, elle devrait travailler très dur.

Il pensait alors probablement qu'elle finirait par se décourager face aux exigences d'une vie d'athlète. Mais elle avait tenu bon et, sous la férule de son père, elle avait entamé une carrière qui l'avait entraînée jusqu'aux plus hauts sommets de sa discipline.

Quatorze ans plus tard, après avoir essuyé une défaite en demi-finales du tournoi, elle avait assisté à la finale hommes que disputait Tyler Starbuck. Le style de ce dernier était radicalement différent de celui de son père. Jim Wolfe pratiquait un jeu précis, presque méticuleux. Chacun de ses coups était dosé, calculé, révélant une maîtrise technique impeccable.

Tyler, au contraire, n'était qu'émotion. Il frappait chaque balle avec la même passion, disputait chaque point comme si sa vie en dépendait. Cette débauche d'énergie avait quelque chose de fascinant. Par la suite, Asher s'était souvent demandé qui de son père ou de Tyler l'aurait remporté, à âge égal. Une chose était certaine : le spectacle aurait été époustouflant.

Mais si, en regardant jouer son père, Asher se sentait envahie par un mélange d'admiration et de fierté, les sentiments que lui inspirait Tyler étaient beaucoup plus troubles.

Il y avait en chacun de ses mouvements une forme de sensualité animale qui éveillait en elle une excitation presque sexuelle. En l'observant, elle avait l'impression de se trouver face à un fauve, un prédateur aussi beau que dangereux.

Jusqu'alors, elle avait sagement repoussé les avances qu'il lui avait faites lorsqu'ils s'étaient rencontrés sur le circuit. Tyler avait la réputation d'être un séducteur et un homme à femmes. De plus, son caractère vif et emporté la fascinait autant qu'il l'effrayait.

Elle avait donc préféré écouter sa raison et se tenir prudemment à l'écart de cette force de la nature. Jusqu'à ce jour de mai où elle l'avait vu remporter l'open d'Italie. La foule entière avait été séduite par ce champion hors norme. Sa combativité et sa rage de vaincre évoquaient celles des guerriers d'autrefois.

Il leur avait offert à tous un spectacle qui dépassait en intensité ce que l'on était en droit d'attendre d'un match de tennis. Pendant les cinq manches frénétiques qu'avait duré la rencontre, il avait livré une prestation époustouflante et l'ovation qui avait salué sa victoire avait paru faire vibrer les fondations mêmes du stade.

Comment Asher aurait-elle pu lui résister ? Cette nuit-là, après la réception organisée en son honneur, elle lui avait offert à la fois son innocence et son amour, succombant à l'attirance qu'elle avait bien trop longtemps réprimée. Pour la première fois de son existence, elle n'avait écouté que son cœur, ignorant sciemment son esprit qui l'appelait à plus de prudence et de retenue.

Les jours et les nuits qui avaient suivi sa capitulation comptaient parmi les plus beaux de toute son existence. Sa vie avec Tyler lui apparaissait encore aujourd'hui comme une période bénie, un moment de grâce. Malheureusement, à l'époque, elle n'avait pas imaginé un seul instant qu'il finirait par prendre fin…

C'était à tout ceci que pensait Asher, ce matin-là, tandis qu'elle s'entraînait sur le court numéro cinq. Les souvenirs doux-amers l'envahissaient, impitoyables. Les chambres d'hôtel qu'ils avaient partagées. Les plages où ils s'étaient baignés. Les étreintes passionnées. Leurs éclats de rire et leurs chamailleries. Les baisers échangés avant d'entrer sur le court…

Et la façon dont tout s'était terminé lorsque la saison avait pris fin. Dans la trahison, la déception et la souffrance.

— Si tu rêvasses comme cela cet après-midi,

tu n'as aucune chance de remporter les quarts de finale ! Kingston ne fera qu'une bouchée de toi.

— Désolée, s'excusa Asher en s'efforçant d'écarter les images qui se succédaient dans son esprit et l'empêchaient de se concentrer.

— Tu fais bien ! Je te rappelle que c'est toi qui m'as tirée du lit à 6 heures du matin pour cette séance d'entraînement. Je n'ai plus l'âge de ce genre de choses !

Asher éclata de rire. A trente-trois ans, Madge Haverbeck était toujours une joueuse de talent, dotée d'une énergie indomptable. Plus petite que la moyenne, elle avait un visage d'ange que surmontait une épaisse masse de cheveux bruns indisciplinés. Malgré son apparence éternellement juvénile, il s'agissait d'une championne chevronnée qui avait remporté la coupe Wightman et le tournoi de Wimbledon à deux reprises. Elle tirait notamment avantage de son revers assassin qui avait cloué sur place plus d'une adversaire.

Pendant deux ans, Asher et elle avaient joué en double. Cette alliance s'était révélée redoutablement efficace.

— Nous devrions peut-être faire une pause, suggéra Asher d'un ton moqueur. Tu pourrais en profiter pour t'asseoir un moment et pour boire une tasse de thé. Tu es une femme d'âge mûr et tu ferais bien de te ménager.

Madge répondit par un juron bien senti avant de

propulser une balle en boulet de canon de l'autre côté du filet. Asher était trop légère et trop agile pour se laisser décontenancer aussi facilement. A la vitesse de l'éclair, elle la renvoya d'un coup droit puissant.

Le claquement sec de la balle contre le tamis de la raquette la rappela brusquement au moment présent. Ses muscles commençaient à s'échauffer et ses réflexes reprenaient leurs droits. Face à une joueuse comme Madge, même lors d'un entraînement, la moindre erreur de concentration pouvait s'avérer fatale.

Elle le prouva d'ailleurs en renvoyant la balle sur la ligne de fond de court. Asher répondit par un amorti vicieux. Elle avait du mal à s'adapter à la terre battue. Pour une joueuse rapide et agressive comme elle, cette surface pouvait s'avérer très déstabilisante. En effet, elle favorisait la force et l'endurance au détriment de la vitesse.

Asher se félicita donc de s'être imposé un programme de musculation très exigeant au cours de ces derniers mois.

— Tu me parais être plutôt en forme pour quelqu'un qui a raccroché sa raquette pendant plus de trois ans, commenta Madge à la fin de l'échange.

— Je n'ai jamais complètement arrêté.

Asher savait pertinemment que Madge s'interrogeait au sujet de son mariage et de la vie qu'elle avait menée au cours de ces dernières années. Mais elle respectait bien trop son intimité pour lui poser ouvertement les questions qui lui brûlaient les lèvres.

Les deux jeunes femmes se dirigèrent vers les chaises sur lesquelles étaient posés leurs sacs.

— Kingston déteste monter au filet, reprit Madge après avoir avalé quelques gorgées d'eau fraîche. C'est même son principal point faible.

— Je sais, acquiesça Asher. J'ai beaucoup étudié les matchs qu'elle a disputés ces derniers temps et je suis décidée à lui imposer mon jeu.

— Fais attention. Elle est bien plus redoutable sur terre battue que sur gazon.

C'était une façon polie et détournée de rappeler à Asher qu'elle n'était pas à son avantage sur cette surface.

— Ne t'en fais pas pour moi, répondit la jeune femme. La semaine prochaine, je serai sur le court central !

Madge rangea sa raquette dans son sac et enfila son blouson.

— On dirait que tu n'as pas beaucoup changé, commenta-t-elle en riant.

— Les apparences sont parfois trompeuses, répondit Asher avec un demi-sourire. Et toi ? Comment comptes-tu jouer contre Fortini ?

— C'est simple : je ne la laisserai pas toucher une seule balle, répliqua Madge.

— Toi, par contre, tu n'as pas changé, déclara Asher.

— Si tu m'avais dit que tu reprenais la compétition, nous aurions pu former une équipe de double. Fisher est douée et nous nous entendons bien mais ce n'est pas la même chose…

— A vrai dire, j'ai mis très longtemps à prendre ma décision, reconnut Asher. Je voulais être sûre que je n'aurais pas l'air complètement ridicule.

Elle se massa le bras en grimaçant.

— Si tu savais comme c'est difficile. Je ne me rappelle pas avoir eu aussi mal que cela avant…

— Je suis prête à échanger mes jambes contre les tiennes quand tu voudras, remarqua Madge en riant.

— A ce propos, comment va ton genou ?

— Beaucoup mieux depuis que je me suis fait opérer, l'année dernière. Mais il me fait encore mal chaque fois que le temps est humide. J'espère que nous aurons une saison ensoleillée !

— Je suis désolée de ne pas être venue te voir, déclara Asher.

Madge lui prit le bras et l'entraîna vers la porte qui conduisait aux vestiaires.

— Je ne m'attendais pas à ce que tu parcoures neuf mille kilomètres pour venir me tenir la main, lui dit-elle.

— Je l'aurais fait si les circonstances n'avaient pas été aussi difficiles…

Malheureusement, elle avait dû faire face à cette époque aux difficultés de plus en plus insurmontables que rencontrait son mariage. Percevant la culpabilité qui avait envahi son amie, Madge lui serra doucement le poignet.

— Tu sais, lui dit-elle, ce n'était pas aussi grave que ce que la presse a bien voulu faire croire. J'en ai un peu rajouté pour gagner la sympathie du public mais, en réalité, cette interruption forcée était loin d'être désagréable. Le doyen m'apportait le petit déjeuner au lit tous les jours !

Asher sourit. Le doyen en question était le mari de Madge. Il devait son surnom affectueux au fait qu'il travaillait comme professeur de sociologie à Yale, l'une des plus prestigieuses universités américaines.

— Apparemment, cela t'a fait le plus grand bien, remarqua Asher. J'ai vu que, dès ton retour sur les courts, tu avais démoli Rayski à New York.

— Oui. Et j'avoue que la sensation n'avait rien de déplaisant, répondit Madge en souriant.

— Je peux le comprendre. Je suis dans le même état d'esprit, tu sais. Remporter ce tournoi me rendrait un peu de confiance. J'ai besoin de faire mes preuves et de prouver que je ne suis pas complètement dépassée.

— A qui ? demanda Madge.

— A moi-même, d'abord. A quelques autres, aussi…

— Tu penses à Starbuck ? demanda son amie. Tu n'es pas obligée de répondre, ajouta-t-elle en la voyant se rembrunir brusquement. Cela m'a échappé…

— Il n'y a plus rien entre Tyler et moi depuis plus de trois ans, déclara Asher.

— C'est dommage, remarqua Madge. C'est vraiment quelqu'un que j'aime bien.

— Pourquoi ? demanda Asher, curieuse.

— Je ne sais pas, exactement… Je crois que c'est l'une des personnes les plus vivantes que je connaisse. Et depuis qu'il a appris à dominer sa colère et son mauvais caractère, il est beaucoup plus agréable. Je trouve qu'il apporte une certaine humanité à la compétition, une émotion qu'on n'a pas l'habitude de voir chez les champions de sa trempe. C'est bon pour notre sport et pour l'ambiance du tournoi. Et puis, Tyler est quelqu'un qui s'investit beaucoup dans ses relations amicales.

— Un peu trop, parfois, acquiesça Asher. Il lui arrive même de devenir envahissant.

— Je n'ai jamais dit que c'était quelqu'un de facile, remarqua Madge. Mais je l'aime bien. Il est honnête et il sait exactement qui il est. Il ne fait pas semblant, ne cultive pas une image différente de ce qu'il est vraiment et ne laisse pas son statut de champion lui monter à la tête.

— Il est quand même caractériel, objecta Asher.

— Beaucoup moins aujourd'hui qu'à l'époque

où vous sortiez ensemble. Tu sais, nous sommes passés professionnels la même année, lui et moi, et nous nous sommes rencontrés très souvent sur le circuit. Je l'ai vu évoluer. Le jeune homme arrogant et colérique qu'il était s'est transformé en un homme sûr de lui qui sait beaucoup mieux contrôler ses émotions. Cela ne veut pas dire qu'elles ont disparu ou qu'elles sont moins violentes, d'ailleurs. Mais c'est ce qui fait une partie de son charme.

— Ne me dis pas que tu l'apprécies pour son mauvais caractère, protesta Asher.

— En partie, si. Starbuck est quelqu'un d'entier et c'est plutôt reposant dans notre univers empli de poseurs et de faux-jetons. C'est d'ailleurs pour cela qu'il ne laisse personne indifférent. On peut l'aimer ou le détester, mais il ne fait jamais semblant…

Il y avait dans ce constat une question muette à laquelle Asher préféra ne pas répondre.

En se rendant à sa propre séance d'entraînement, Tyler aperçut Madge et Asher qui discutaient. Elles ne remarquèrent pas sa présence et il eut tout loisir de les observer. Ou, plus exactement, d'observer Asher.

Le soleil faisait naître sur ses cheveux blonds de beaux reflets dorés. Son corps svelte et nerveux, ses longues jambes bronzées et ses bras minces et musclés alliaient force et grâce. Et il était heureux de pouvoir la regarder avec un peu plus de détachement.

Lorsqu'il l'avait aperçue dans les tribunes aux Etats-Unis, deux semaines auparavant, il était resté sous le choc. Une myriade d'émotions contradictoires s'étaient emparées de lui : la douleur, la colère et la rancœur s'étaient succédé en lui, l'empêchant de prendre le moindre recul.

Cela lui avait instantanément fait perdre toute sa concentration et il avait perdu le premier set. Puis, comme il se savait incapable de résister à ses émotions, il s'était efforcé de les canaliser, de les transformer en énergie qu'il avait retournée contre son adversaire.

Le Français n'avait eu aucune chance face aux trois années de frustration et de colère que Tyler lui opposait sous forme de coups droits meurtriers, de revers rageurs et de volées assassines. Tous les commentateurs sportifs s'accordaient à dire qu'il se surpassait lorsqu'il était sous pression. Cette fois encore, cette analyse s'était trouvée confirmée.

Avec Asher dans les tribunes, ce match était devenu une question de vie ou de mort. Lorsqu'elle l'avait quitté, elle lui avait volé quelque chose de précieux. Et, sans qu'il sache exactement pourquoi, sa victoire l'avait aidé à recouvrer une partie de ce qu'elle avait dérobé.

Evidemment, cela signifiait qu'elle exerçait toujours sur lui une certaine influence. Cette idée le mettait d'autant plus mal à l'aise qu'il ne pouvait ignorer le désir qu'elle continuait à lui inspirer malgré tout le mal qu'elle lui avait fait.

Il lui suffisait de la regarder pour sentir monter en lui un trouble familier. C'était ce qu'il avait éprouvé lorsqu'il avait fait sa connaissance. Elle n'avait alors que dix-sept ans et il avait été surpris de découvrir qu'une adolescente pouvait exercer sur lui un tel effet. Il avait donc maintenu entre eux une prudente distance pendant une saison entière. Mais son accession à la majorité avait rendu les choses plus difficiles.

Il n'avait plus alors aucune raison objective de lutter contre son attirance. Il avait alors tenté de se raisonner, se répétant qu'il était de six ans son aîné, qu'elle ne correspondait pas du tout au profil des femmes avec lesquelles il sortait généralement, qu'elle était trop timide et trop innocente…

Ces arguments l'avaient aidé à résister à la tentation sans pour autant la faire disparaître entièrement. Et lorsque Asher avait atteint l'âge de vingt et un ans, il avait fini par y céder. Il s'était alors lancé délibérément dans une entreprise de séduction. Et plus elle le repoussait, plus l'envie qu'il avait d'elle devenait irrésistible.

Lorsqu'il avait enfin réussi à parvenir à ses fins, le jour de sa victoire à l'open de Rome, il avait découvert avec étonnement que, loin de satisfaire son désir, le fait de sortir avec elle ne faisait que l'accroître.

Sa vie, qui n'avait jusqu'alors été axée que sur sa carrière, avait brusquement basculé. Une nouvelle priorité s'était imposée à lui. Asher. Si quelqu'un lui avait demandé à l'époque s'il l'aimait, il aurait sans doute été incapable de lui répondre. Mais une chose était certaine : il n'aurait pu vivre sans elle.

Pourtant, il avait bien été obligé de le faire lorsqu'elle avait fini par le quitter pour épouser quelqu'un d'autre. Elle l'avait quitté pour un homme plus riche, au nom plus prestigieux encore que le sien. Aujourd'hui encore, cela lui faisait mal. Et il était bien décidé à lui faire payer chèrement le mal qu'elle lui avait fait.

Fort de cette résolution, Tyler se dirigea vers les deux femmes.

— Salut, Madge, fit-il en décochant à la jolie brunette un sourire amical.

— Bonjour, Asher, répondit-elle avant de jeter un regard en coin à son amie.

Elle dut s'apercevoir de la tension presque palpable qui l'habitait et décida qu'il valait probablement mieux les laisser régler leurs comptes entre eux.

— Il faut que je vous laisse, déclara-t-elle en jetant un coup d'œil à sa montre. Ma kiné m'attend et je suis déjà en retard.

Sur ce, elle s'éloigna à grands pas, les laissant seuls.

Asher resta immobile, le cœur battant à tout rompre. Elle en voulait un peu à Madge de l'avoir abandonnée de cette façon. La simple présence de Tyler la rendait terriblement nerveuse et elle dut faire un prodigieux effort de volonté pour ne pas trahir l'envie qui la tenaillait de prendre la fuite.

— Je suppose que Madge et toi vous êtes entraînées ensemble comme au bon vieux temps, remarqua-t-il.

Ashley hocha la tête.

— Elle n'a rien perdu de sa combativité, répondit-elle. J'espère vraiment que je ne me retrouverai pas en face d'elle au cours du tournoi.

— Il te faudra d'abord te débarrasser de Kingston, observa Tyler.

Il fit un pas de plus dans sa direction. Asher se força à ne pas bouger. Elle était bien décidée à ne pas se laisser intimider.

— Et toi de Devereux. Ce sera un match difficile.

Tyler haussa les épaules comme si tout cela n'avait pas beaucoup d'importance à ses yeux.

— Est-ce que ton père sera là ? demanda-t-il.

— Non, répondit-elle.

Elle ne tenait pas à s'appesantir sur le sujet, mais Tyler n'était pas le genre d'homme à se laisser décourager aussi facilement.

— Pourquoi ? demanda-t-il.

— Il est trop occupé, éluda-t-elle.

Elle fit mine de s'éloigner, mais il se déplaça

de nouveau de façon à s'interposer entre elle et la sortie. Ils étaient à présent tout proches l'un de l'autre, ce qui ne contribuait guère à atténuer la nervosité d'Asher.

— Il n'a pourtant jamais manqué un seul des tournois auxquels tu participais, insista Tyler. Même lorsqu'il avait du travail, tu passais toujours avant.

— Les choses changent, répliqua-t-elle. Les gens aussi…

— On dirait bien, acquiesça-t-il d'un air pensif. J'espère au moins que ton mari sera là.

— Ex-mari, corrigea Asher d'une voix glacée. Et la réponse est non.

— C'est étrange, railla Tyler. Il était très fan de tennis. Est-ce qu'il a changé, lui aussi ?

— Si cela ne t'ennuie pas, je dois aller m'habiller, déclara-t-elle sèchement.

Elle fit mine de passer devant lui, mais il la saisit par la taille et l'attira contre lui avec une facilité déconcertante.

— Que dirais-tu d'un petit set contre moi, en souvenir du bon vieux temps ? suggéra-t-il.

Asher le regarda droit dans les yeux et comprit aussitôt qu'elle venait de commettre une énorme erreur. Ses pupilles légèrement dilatées et la lueur qui brillait dans ses prunelles lui prouvaient mieux que des mots à quel point il la désirait et ce constat suffit à réveiller en elle une douce chaleur qui se communiqua à chacun de ses membres.

— Je n'ai pas le temps, répondit-elle en tentant de se dégager.

Mais il ne la laissa pas faire, la retenant contre lui. Il était bien trop fort pour qu'elle puisse espérer lui échapper.

— Est-ce que tu aurais peur ? demanda-t-il d'un ton narquois.

Il ne parlait pas seulement de la partie qu'il lui proposait, elle en était convaincue. Elle sentit son cœur qui s'emballait et se maudit intérieurement. Pourquoi fallait-il qu'elle soit si faible, chaque fois qu'elle se trouvait en sa présence ?

— Je n'ai jamais eu peur de toi, répliqua-t-elle avec bien plus d'assurance qu'elle n'en éprouvait réellement.

— Vraiment ? fit-il en se serrant un peu plus encore contre elle. C'est pourtant l'une des raisons pour lesquelles les gens prennent la fuite, d'habitude…

— Je ne me suis pas enfuie, protesta-t-elle. Je t'ai quitté.

« Avant que tu ne le fasses », faillit-elle ajouter. C'était la première fois qu'elle avait su se montrer plus forte que lui. Et cela lui avait brisé le cœur…

— Tu me dois toujours des réponses, Asher, remarqua-t-il. Cela fait trois ans que je les attends…

— Cela risque de durer encore longtemps, rétorqua-t-elle.

— Pour certaines d'entre elles, peut-être,

acquiesça-t-il. Mais je suis bien décidé à en obtenir une dès à présent…

Elle savait pertinemment ce qui allait se produire et aurait pu lui échapper. Il lui aurait suffi de détourner le visage, de le repousser brusquement ou même de le gifler. Mais elle n'en fit rien. Au lieu de cela, elle resta parfaitement immobile tandis que ses lèvres se rapprochaient des siennes. Puis tout bascula…

C'était exactement ainsi qu'il l'avait embrassée, la toute première fois. Elle reconnaissait parfaitement ce baiser. Tendre, patient et décidé à la fois, il s'agissait d'un test, d'une façon de leur prouver à tous deux que c'était vraiment ce dont ils avaient envie. Asher songea que c'était ce baiser qui l'avait perdue. Séduite par l'intensité de Tyler, elle avait succombé à sa douceur.

Même lorsqu'il l'attira plus près de lui et que sa bouche se fit plus insistante, cette tendresse persista. C'était probablement là le secret de son succès auprès des femmes. Sous son aspect conquérant et volontaire, Tyler cachait une douceur et une prévenance étonnantes.

Il avait un immense respect pour l'autre sexe et faisait toujours passer le plaisir de ses partenaires avant le sien. Cette prévenance était l'un des nombreux paradoxes qui le caractérisaient. Malgré son tempérament indépendant et solitaire, le bien-être de ses proches primait sur le sien.

Incapable de résister, Asher s'abandonna à son étreinte. Sans même s'en rendre compte, elle noua les bras autour de sa taille et se pressa contre lui, lui rendant son baiser avec ardeur. Il était le seul homme qui soit jamais parvenu à libérer sans effort la passion qui couvait en elle et qu'elle s'attachait à contrôler en toutes circonstances.

C'était lui qui lui avait appris ce qu'une telle intimité pouvait lui offrir. Il ne s'agissait pas seulement de la fusion des corps mais aussi d'une communion de leurs esprits, d'une complicité profonde et évidente qui lui donnait l'impression d'accéder à une nouvelle facette d'elle-même.

Tandis que leurs lèvres se mêlaient, elle réalisa avec une douloureuse intensité combien il lui avait manqué. L'envie qu'elle avait de lui était insatiable et faisait voler en éclats toute retenue, toute prudence. Elle se donnait à lui sans rémission, ivre de sensations qu'elle avait crues à jamais disparues.

Si seulement elle avait pu retrouver cet amour qu'ils partageaient autrefois, si seulement elle avait pu chasser l'oppressante impression de solitude qui l'assaillait depuis qu'elle l'avait quitté... En cet instant, elle se serait donnée à lui sans hésiter. Ce baiser réveillait en elle mille souvenirs de ce qu'elle avait perdu et le rêve de ce qui pourrait advenir de nouveau...

Lorsque Tyler avait décidé d'embrasser Asher, il voulait juste lui faire payer la distance et la froideur dont elle faisait preuve à son égard. Il voulait l'humilier en lui prouvant qu'il était capable de la dominer physiquement. Mais ce besoin de conquête ne tarda pas à disparaître complètement, balayé par le plaisir qu'il éprouvait.

S'ils avaient été seuls, il aurait renoncé à toutes ses bonnes résolutions pour lui faire l'amour et satisfaire le besoin impérieux qu'il avait d'elle. Mais une infime partie de son esprit, qui n'avait pas entièrement succombé à la passion qui pulsait en lui, lui rappela qu'ils étaient dans un lieu public et que n'importe qui pouvait les surprendre à tout moment.

A contrecœur, il s'arracha donc à elle et la contempla longuement. Le désir qui brillait dans son regard lui confirma qu'il ne s'était pas trompé. Elle avait toujours envie de lui. Mais sa propre réaction ne laissait aucun doute quant à la réciprocité de cette envie.

Qu'ils le veuillent ou non, l'alchimie qui existait entre eux autrefois avait survécu à leur séparation, à leurs rancœurs et à leur éloignement. Jusqu'alors, il avait espéré qu'une nuit torride l'aiderait à conjurer une fois pour toutes le désir qu'il avait d'elle. Mais il réalisait à présent l'ampleur de son erreur.

La moindre étincelle suffirait à réveiller leur passion. Et avec elle, cet amour qu'il avait si désespérément essayé d'étouffer.

— On dirait bien que tu t'es trompée, murmura-t-il d'une voix très basse. Certaines choses ne changeront jamais...

Il se détourna et s'éloigna à grands pas, craignant de perdre le peu de contrôle qu'il exerçait encore sur lui-même. Il avait besoin de temps pour réfléchir.

Asher se força à respirer profondément avant d'aller se placer derrière la ligne de fond de court pour servir. Des milliers de paires d'yeux étaient braqués sur elle, mais ce n'était pas cela qui la rendait aussi nerveuse. Quelque part, dans le public, Tyler la regardait et cette certitude suffisait à entamer sa concentration.

Elle ne pouvait cependant se permettre de perdre sa maîtrise de soi. Stacie Kingston était une jeune joueuse qui n'avait rejoint le circuit professionnel que depuis deux ans. Pourtant, elle avait déjà acquis une réputation de compétitrice redoutable.

Talentueuse, elle était dotée d'une énergie inépuisable et d'une puissante volonté de vaincre. Son acharnement était venu à bout des meilleures joueuses mondiales et Asher savait qu'elle ne devait pas se fier à son apparence juvénile.

Si elle voulait l'emporter, elle n'avait donc pas le droit à l'erreur. Forte de cette conviction, elle fit rebondir la balle qu'elle tenait à la main sur le court et se força à faire le vide dans son esprit.

C'était l'épreuve du feu. Si elle parvenait à

l'emporter à Rome pour la première fois de sa carrière, trois ans après avoir quitté le circuit, elle aurait passé le test qu'elle s'était fixé et serait de retour dans la compétition.

Elle se concentra sur cet unique objectif, bien décidée à oublier son passé malheureux et son avenir incertain le temps d'un match. Lorsqu'elle se sentit enfin prête, elle lança la balle et la cueillit en vol d'un service parfaitement ajusté.

La partie s'engagea, haletante. Le jeu de Kingston était très agressif. Mais elle avait aussi l'intelligence de s'adapter à son adversaire. Connaissant la faiblesse d'Asher sur terre battue, elle multipliait les balles longues, la repoussant systématiquement au fond du court et l'empêchant de monter à la volée.

Asher maudissait intérieurement cette surface qui la privait de cette vitesse qui était l'un de ses principaux atouts. Elle était forcée de jouer défensivement, ce qu'elle détestait, et cela la conduisait à commettre un certain nombre d'erreurs que Kingston exploitait sans pitié.

Agacée par sa propre impuissance, elle commit même une double faute au service, ce qui permit à son adversaire de remporter le premier jeu. Elle profita de cet avantage et gagna ensuite sur son propre service, creusant ainsi l'écart.

L'air était orageux et la foule surexcitée par la chape de chaleur et d'humidité qui pesait sur le stade. Les commentaires moqueurs et les lazzis fusaient, accentuant le désarroi d'Asher. Frustrée, elle avait envie de jeter sa raquette et de quitter le terrain.

Pourquoi avait-il fallu qu'elle revienne ? Qu'avait-elle à gagner ? Elle n'avait pas besoin d'argent et aurait pu se contenter de mener une vie tranquille loin de cette agitation, de cette tension, de ce sport qui exigeait tant de ceux qui le pratiquaient et le leur rendait si mal. Quel besoin avait-elle eu de revenir s'humilier après toutes ces années ?

Son visage ne trahissait rien de ce désarroi intérieur. Serrant les dents, elle se força à dominer ses doutes, à chasser ses angoisses, à se concentrer sur l'instant présent. Elle avait mal joué. C'était regrettable mais rien n'était perdu.

En réalité, elle connaissait précisément la raison de sa déroute : elle avait laissé Kingston lui dicter son jeu et sa cadence. Tant qu'elle continuerait, elle n'aurait aucune chance de reprendre l'avantage. Il allait donc lui falloir passer à l'offensive.

Elle ne jouait que depuis six minutes. Cela lui laissait tout le temps de se reprendre et de corriger son erreur. Peut-être ne l'emporterait-elle pas, mais elle était au moins décidée à faire tout ce qui était en son pouvoir pour éviter l'humiliation.

Des milliers de personnes la regardaient. Tyler la regardait. Pour eux comme pour elle-même, elle se devait de faire de son mieux. Et si elle tombait en quarts de finale, ce ne serait pas sans se battre.

Forte de cette résolution, elle alla se placer derrière la ligne. Là, elle repoussa sa colère comme elle avait repoussé ses angoisses.

Elle devait garder la tête claire, rester disponible, anticiper le jeu de Kingston pour pouvoir la prendre en défaut. Le sang-froid et la maîtrise constituaient les clés de son succès. Cette fois, c'était elle qui était aux commandes.

Son premier service fut sans pitié et cloua Kingston sur place. La foule manifesta son regain d'intérêt pour ce match qui, jusqu'ici, avait paru joué d'avance. Encouragée par cet ace, Asher se prépara à servir de nouveau.

Au cours de l'échange qui suivit, elle parvint à forcer son adversaire à monter au filet. A mesure qu'elle reprenait confiance, son jeu se fit plus incisif, plus précis. Elle retrouvait ses réflexes, multipliait les changements de rythme et parvint ainsi à prendre Kingston à contre-pied à plusieurs reprises.

L'échange se conclut par un jeu blanc en faveur d'Asher, ce qui ne fit qu'accroître son assurance. Elle sentit alors monter en elle une soif de victoire qui envahit chacun de ses membres. Plus rien d'autre n'existait que cette balle qui fusait d'un bout à l'autre du terrain, que ces lignes qui délimitaient tout son univers.

Kingston tenta de reprendre l'ascendant sur elle, mais elle la combattit pied à pied, refusant de lui laisser la moindre balle. A la fin de la première manche, la terre battue était zébrée de traces de dérapage, prouvant l'intensité de la lutte qui venait d'opposer les deux joueuses.

Asher était trempée de sueur. Tous ses muscles lui faisaient mal. Mais elle avait remporté le set par six jeux à trois.

En confiance, elle attaqua la deuxième manche, soutenue par les clameurs de la foule qui supportait cet outsider inattendu. Malgré tous ses efforts, malgré le talent dont elle faisait preuve et l'énergie qu'elle possédait, Kingston ne parvint jamais à reprendre l'avantage.

Asher la domina sans pitié, la forçant à jouer selon ses règles. Chaque fois qu'elle la sentait faiblir, elle accélérait la cadence. Chaque fois qu'elle perdait un point, elle reprenait les deux suivants.

Mais ce qui surprit le plus les spectateurs et les journalistes qui commentèrent le match par la suite, ce fut la froideur méticuleuse avec laquelle Asher avait détruit son adversaire. Si Starbuck paraissait incarner le feu, elle était la glace.

Il y avait dans ses gestes un caractère méthodique, presque machinal, qui contribua certainement à déstabiliser son adversaire. Ceux qui l'avaient vue jouer avant qu'elle ne prenne sa retraite n'en furent pas surpris. Asher avait toujours été réputée pour la parfaite maîtrise de soi dont elle faisait preuve en toutes circonstances.

Elle ne critiquait jamais les décisions de l'arbitre, de s'admonestait jamais à voix haute, ne trahissait jamais aucune joie ou aucune faiblesse. Elle se contentait de jouer, posément, calmement. Et de gagner.

Cette attitude lui valut autant d'admirateurs que de détracteurs. Mais, au bout d'une heure quarante de jeu, plus personne ne pouvait contester le fait qu'elle avait mérité sa place parmi les plus grandes joueuses mondiales.

Six-un. Six-deux.

A deux reprises, elle avait volé le service de Kingston pour lui infliger un jeu blanc.

Par trois fois, elle avait assené un ace à son adversaire qui était pourtant considérée comme la meilleure des deux au service.

Asher Wolfe avait prouvé qu'elle était digne de participer. A présent, elle avait envie de remporter le tournoi.

— Tu as été magnifique ! la félicita Madge avant qu'elle ne rentre dans les vestiaires. Tu es encore meilleure qu'autrefois !

— Kingston voulait gagner alors que moi, je le devais, répondit modestement Asher.

— Cela s'est vu, lui confirma son amie. Jamais on n'aurait pu croire que tu avais raccroché pendant trois ans !

— Peut-être, concéda la jeune femme. Mais j'ai encore besoin de m'entraîner. Tous mes muscles sont noués et je ne crois pas que j'aurais pu soutenir un set de plus sur ce rythme…

— Si tu as besoin d'aide, je suis là. J'ai encore une demi-heure avant d'affronter Fortini.

Asher repéra Tyler qui la contemplait attentivement. Lorsque leurs regards se croisèrent, il hocha la tête et lui adressa un sourire admiratif.

— Merci, répondit-elle à Madge. Je crois que je parviendrai à me débrouiller…

Elle ne voulait pas montrer le moindre signe de faiblesse devant Tyler. D'un pas un peu raide, elle se dirigea donc vers les vestiaires. Ce ne fut que lorsqu'elle se retrouva seule sous la douche qu'elle s'autorisa à fondre en larmes, sans vraiment savoir pourquoi elle réagissait ainsi.

# *Chapitre 3*

Lors de la soirée qui suivit sa victoire en demi-finales du tournoi, Asher décida de s'accorder une soirée de liberté. Elle avait travaillé très dur, ces derniers temps, pour préparer son retour à la compétition. Pendant plusieurs mois, elle s'était imposé un régime très sévère, avait repris la musculation et s'était entraînée plusieurs heures par jour.

Pour espérer revenir dans la course et être à la hauteur de ses concurrentes, il lui avait fallu retrouver sa forme physique et ses réflexes d'autrefois. Cela avait été d'autant plus difficile que trois ans avaient passé, la marquant de leur empreinte.

Elle avait consacré le peu de temps libre à la presse. Les multiples interviews auxquelles elle avait dû répondre pour satisfaire les exigences de ses sponsors et de ses fans avaient encore accru la pression qui pesait sur elle.

Aussi avait-elle accueilli presque avec soulagement le début officiel de la compétition. C'était l'épreuve du feu, l'occasion de vérifier que ses efforts avaient porté leurs fruits. Comme tous les sportifs, Asher aimait la confrontation. Elle y trouvait le moyen de se dépasser, de transcender ses propres imperfections et de tester ses limites.

Mais, surtout, elle aimait jouer. Et, depuis qu'elle avait repris les tournois, elle redécouvrait avec bonheur l'amour de ce sport qui ne l'avait jamais vraiment quittée.

Hélas, depuis que Tyler l'avait embrassée, elle avait également compris que la passion qu'il lui inspirait autrefois n'avait pas disparu, elle non plus. Et si elle ne voulait pas se laisser déconcentrer, elle devrait veiller à maintenir entre eux une certaine distance.

Car en reprenant le tennis, elle espérait surtout se retrouver. Pendant trois ans, elle s'était efforcée de devenir quelqu'un d'autre, d'endosser le rôle de lady Wickerton, épouse d'un très respectable lord anglais. Elle avait presque oublié ses rêves et ses ambitions dans l'espoir de se fuir.

Aujourd'hui, elle voulait redevenir Asher Wolfe et il n'y avait de place dans sa vie ni pour son ex-mari ni pour Tyler Starbuck.

Telles étaient ses réflexions tandis qu'elle sirotait un verre de jus de fruits dans l'un des cafés à la mode de la Via Sistina. Autour d'elle, une foule bruyante se pressait autour des tables et du bar. Des éclats de rire se mêlaient aux conversations animées en italien.

Asher sourit. Elle aimait cette ambiance si

caractéristique de l'Italie. Rome était un paradoxe qu'elle ne se lassait pas de redécouvrir : ville d'histoire sereine et tournée vers le passé, c'était aussi une métropole dynamique et très vivante.

Du silence feutré des cathédrales au brouhaha des bars et des restaurants, du recueillement du Vatican aux marchés animés et colorés, on y trouvait tout le spectre des émotions humaines.

Dans le petit bar bondé, de nombreux tennismen qui participaient à l'open d'Italie discutaient avec passion des matchs qu'ils avaient disputés ou de ceux auxquels ils avaient assisté. Ils commentaient le moindre smash, le moindre service et la moindre erreur d'arbitrage. Comme souvent à Rome, celles-ci ne manquaient pas.

— Comment a-t-il pu dire qu'elle était longue ? s'exclama un Australien qui se trouvait à leur table. Elle était dans le court de cinq centimètres au moins !

— De quoi te plains-tu, Michael ? répliqua Madge en souriant. Tu as gagné le match, non ? Et puis, dans le deuxième jeu de la deuxième manche, l'arbitre n'a pas signalé une de tes balles qui était clairement dehors.

— C'est vrai, admit l'Australien, beau joueur. Le public s'est d'ailleurs chargé de le lui faire remarquer... A ce propos, ajouta-t-il, il y a quelque chose qui m'échappe, Asher. Comment se fait-il que tu aies été applaudie alors que tu as battu la dernière Italienne encore en compétition ?

— C'est parce que j'étais en position de challenger, répondit Asher. Les Italiens aiment les retournements inattendus.

— Inattendus ? s'exclama Michael. Je te rappelle que tu as écrasé toutes tes adversaires.

— C'est vrai, répondit Asher en souriant. Mais je n'étais vraiment pas sûre d'y arriver.

De fait, elle avait été surprise par sa propre résistance. Le match avait duré nettement plus longtemps que celui qui l'avait opposée à Kingston mais, cette fois, elle n'avait souffert d'aucune crampe, ce qu'elle considérait comme une victoire au moins aussi importante.

— Je suis sûr que tu auras plus de mal à te débarrasser de Tia, remarqua Michael avant de se tourner vers sa compatriote qui se trouvait à l'une des tables voisines. Qu'est-ce que tu en dis, Tia ? Tu crois que tu pourras la battre ?

Tia se tourna vers Asher et la contempla pensivement avant de hocher la tête.

— Peut-être, dit-elle. En tout cas, ce sera un beau match.

Asher leva son verre et Tia l'imita.

— Cette fille est une véritable furie quand elle joue, commenta Michael. Mais, en dehors des courts, c'est une vraie crème. Elle se passionne pour le jardinage et la cuisine.

— Est-ce qu'elle est mariée ? demanda Madge, curieuse.

— Oui. Son époux vend des piscines. Je lui en ai même acheté une !

Michael se tourna de nouveau vers Asher qui les écoutait d'une oreille distraite.

— En tout cas, déclara-t-il, si je devais choisir une partenaire de double mixte, ce serait toi. Tia est redoutable mais elle n'a pas ton sens du jeu. Et puis, tu as de plus jolies jambes qu'elle, ajouta-t-il en riant.

— Et moi, alors ? s'exclama Madge en lui décochant un coup de coude.

— Ton sens du jeu est certainement meilleur encore que celui d'Asher, répondit Michael. Mais tu as des jambes de lanceuse de poids !

Un éclat de rire général noya les protestations de Madge. Mais Asher ne se joignit pas à l'hilarité générale. A l'autre bout de la pièce, elle avait aperçu Tyler qui la regardait fixement. Il venait juste d'entrer dans le bar.

Malgré la tenue décontractée qu'il portait et son apparence détendue, il émanait de lui une vitalité étonnante, comme s'il était plus réel, plus vivant que la plupart des gens qui se trouvaient autour de lui. La lumière tamisée faisait jouer sur son visage des ombres qui lui donnaient un air légèrement mystérieux. L'expression de son regard était impénétrable.

Asher se surprit malgré elle à l'admirer. Mais comment en aurait-il été autrement ? N'importe quelle femme l'aurait trouvé séduisant. Mais elle-même savait également quel amant formidable il pouvait être.

Qu'elle le veuille ou non, elle le désirait toujours. Il ne servait à rien de le nier. En revanche, elle était bien décidée à ne pas céder à cette attirance qui ne pouvait la conduire qu'à de nouvelles désillusions.

Sans la quitter des yeux, Tyler traversa la salle enfumée. Avant même que les autres membres du petit groupe se soient aperçus de sa présence, il prit la main de la jeune femme et la fit se lever.

— Que dirais-tu d'une danse ? suggéra-t-il.

C'était plus un ordre qu'une question : déjà, il l'entraînait vers la piste. Elle aurait pu retirer son bras et revenir vers sa table, bien sûr, mais, ce faisant, elle aurait certainement éveillé la curiosité de tous ceux qui connaissaient leurs relations passées. Mieux valait accepter l'invitation avec grâce et éviter ainsi les questions et les interviews embarrassantes.

Tyler la prit dans ses bras et tous deux commencèrent à évoluer au rythme de la musique. Cette sensation était étrangement familière et Asher eut la troublante impression de se retrouver projetée trois ans en arrière.

— La dernière fois que nous sommes venus ici, remarqua Tyler qui paraissait partager cette impression, nous étions assis à la table qui se trouve près du bar. Je me souviens que nous avions commandé une bouteille de valpolicella.

— C'est vrai, acquiesça Asher.

— Tu portais exactement le même parfum que ce soir, ajouta-t-il en se penchant vers elle pour le sentir.

Ses lèvres effleurèrent la tempe d'Asher qui ne put réprimer un léger frisson.

— Il me fait penser à des pétales de rose sous le soleil. Est-ce que tu te rappelles ce que nous avons fait, après ?

— Nous nous sommes promenés.

La bouche de Tyler se trouvait toujours à quelques millimètres de sa peau et elle sentait son haleine brûlante la caresser, accentuant le trouble qui s'était emparé d'elle.

— Jusqu'à l'aube, reprit-il. Nous avons regardé le soleil se lever sur la ville… Je me souviens que j'avais terriblement envie de toi. Mais tu n'étais pas encore prête, à l'époque.

— Je préférerais que nous ne parlions plus de cela, objecta Asher en essayant vainement de s'écarter.

Tyler la maintenait fermement contre lui et elle ne pouvait lui échapper sans risquer de créer un esclandre.

— Pourquoi ? lui demanda-t-il, impitoyable.

Est-ce que, par hasard, tu aurais peur de te rappeler combien nous étions faits l'un pour l'autre ?

— Arrête ! s'exclama-t-elle, furieuse.

De quel droit se permettait-il de jouer ainsi avec elle ?

— Pas question, Asher, répondit-il avec un sourire teinté d'ironie. En fait, je ne fais que commencer. Et je te promets que nous sortirons encore ensemble, toi et moi, ne serait-ce qu'une fois…

— Tout est fini entre nous, protesta-t-elle d'une voix moins assurée qu'elle ne l'aurait souhaité.

— A ta place, je n'en serais pas aussi sûr, répliqua-t-il en se pressant un peu plus contre elle. Je te connais parfaitement, Asher. Probablement mieux que ton propre mari. T'a-t-il fait rire comme moi ? A-t-il su te donner autant de plaisir ?

Asher serra les dents, résistant à l'envie qu'elle avait de le gifler. Comment osait-il se conduire de cette façon ? Et pourquoi ne parvenait-elle pas à dominer les réactions qu'il faisait naître en elle ?

— Je refuse de discuter de mon mariage avec toi, déclara-t-elle d'une voix glaciale.

— Tant mieux, rétorqua-t-il. Crois-moi, je n'ai vraiment pas envie d'en entendre parler.

Jusqu'alors, Tyler était parvenu à surmonter la frustration qui bouillonnait en lui. Mais s'il réussissait encore à l'atteindre, la réciproque était vraie. Et la simple mention de ce mariage suffisait à raviver sa rancœur.

— Pourquoi a-t-il fallu que tu reviennes ? demanda-t-il.

— Pour jouer au tennis, répondit-elle froidement. Et pour gagner.

Tylcr perçut la colère qui perçait dans sa voix. Il était probablement la seule personne au monde qui puisse lui faire perdre son sang-froid légendaire. Mais, curieusement, il n'en tirait absolument aucune satisfaction. Tous deux semblaient condamnés à se faire du mal, aujourd'hui comme hier.

— J'ai parfaitement le droit d'être ici, poursuivit-elle. Je me suis entraînée très dur pour cela. Et il n'est pas question que je te laisse tout gâcher. Je ne te dois aucune explication, Tyler !

— Tu me dois bien plus que cela, objecta-t-il. Je suis bien décidé à te faire payer chèrement la façon dont tu m'as laissé tomber pour aller jouer les châtelaines pendant trois ans.

— Tu ne sais rien de ce que j'ai vécu ! s'exclama-t-elle, furieuse.

Son regard glacé le transperça de part en part et il se demanda ce qui avait bien pu la rendre si dure.

— J'ai payé très cher les choix que j'ai faits, Starbuck ! Bien plus cher que tu ne peux l'imaginer ! Mais c'est terminé !

La rage et la tristesse qui l'habitaient faisaient trembler sa voix.

— J'ai suffisamment payé pour mes erreurs, ajouta-t-elle d'une voix brisée.

— Quelles erreurs ? lui demanda-t-il en la prenant par les épaules. De quoi parles-tu, Asher ?

— De toi, murmura-t-elle en s'arrachant à lui.

Brusquement, elle se détourna de lui et s'éloigna à grands pas, se frayant un chemin parmi les couples qui se pressaient sur la piste de danse. Sans hésiter, il la suivit jusqu'à la porte d'entrée et la prit par le bras.

— Lâche-moi ! s'exclama-t-elle.

— Pas question ! Je ne te laisserai pas fuir une fois de plus !

— Pourquoi, Tyler ? s'écria-t-elle. Parce que j'ai froissé ta susceptibilité ? Parce que tu as mal pris le fait qu'une femme puisse te laisser tomber pour quelqu'un d'autre ?

Tyler serra les dents, touché au vif par sa remarque.

— Qu'espérais-tu ? répliqua-t-il en l'attirant contre lui. Que je me draperais dans ma dignité et que je ferais comme si de rien n'était ? Je ne suis pas comme toi, Asher. Je ne cherche pas à dominer la moindre de mes émotions. C'est pour cela que tu es partie, n'est-ce pas ? Parce que je te connaissais trop et que cela te faisait peur ?

— Je suis partie parce que je ne voulais plus de toi ! Est-ce donc si difficile à admettre ?

Tyler comprit qu'Asher était bien trop furieuse pour discuter calmement des raisons de son départ.

Ne sachant comment réagir, il suivit son instinct et l'embrassa. Instantanément, leur colère se mua en passion ardente.

L'attirance qui subsistait entre eux dépassait leurs différends et leurs rancœurs. Il en avait été ainsi depuis le jour où ils s'étaient rencontrés et les années n'avaient pas atténué cette envie qu'ils avaient l'un de l'autre. Tyler réalisa alors que, tôt ou tard, elle finirait par céder.

Asher était incapable de maîtriser la réaction qu'il éveillait en elle. En sentant le corps de Tyler se presser contre le sien, elle comprit combien il lui avait manqué. Le désir montait en elle, impérieux, triomphant, envahissant chacun de ses membres et allumant au creux de son ventre un brasier qui consumait toute prudence, toute raison.

Elle se perdait dans son odeur, se noyait entre ses bras, affolée par le goût si familier de ce baiser. Trois ans auparavant, Tyler l'avait marquée de son empreinte et tous les efforts qu'elle avait faits pour se détacher de lui n'avaient servi à rien.

Elle l'entendit pousser un gémissement presque désespéré, comme s'il réalisait lui aussi combien il était impuissant face à la magie de cette étreinte. S'il avait cru pouvoir lui imposer sa volonté, il réalisait à présent qu'il était tout aussi impuissant qu'elle à dominer ce besoin éperdu qu'ils avaient l'un de l'autre.

Enlacés, ils se dévoraient de baisers sans se

soucier de tous ceux qui pouvaient les voir. Lorsqu'ils se séparèrent pour reprendre haleine, Tyler caressa doucement sa joue. Ce geste tendre et complice, autrefois si familier, suffit à la désarmer complètement et elle murmura son nom comme une supplique.

Ils s'embrassèrent de nouveau, plus ardemment encore, comme s'ils ne pouvaient se repaître l'un de l'autre. Mais plus leurs lèvres se faisaient audacieuses, plus les gestes de Tyler se teintaient de douceur.

Asher réalisa alors que rien n'avait changé : elle était aussi terrifiée que trois ans auparavant par les sentiments qu'il lui inspirait. Et tout aussi incapable de les contrôler. N'avait-elle donc rien appris ? Faudrait-il qu'elle commette sans cesse les mêmes erreurs ? Qu'elle en paie une fois de plus le prix ?

— S'il te plaît..., articula-t-elle, suppliante. S'il te plaît, arrête.

— Je ne t'ai pas forcée, remarqua-t-il d'une voix légèrement haletante.

— Je sais, murmura-t-elle en le regardant droit dans les yeux.

La détresse qu'il lut dans les siens le prit de court et l'empêcha de l'attirer de nouveau vers lui. C'était cette même vulnérabilité qui l'avait conduit autrefois à résister à la séduction qu'elle exerçait sur lui. Il avait attendu qu'elle soit prête.

Et il en irait de même aujourd'hui. Etouffant un juron, il s'écarta, envahi par une frustration presque insupportable.

— Tu as toujours su comment me repousser, remarqua-t-il avec une pointe d'autodérision.

— Je suppose que c'est l'instinct de conservation, répondit-elle avec un pâle sourire.

Tyler éclata de rire et plongea les mains dans ses poches pour tenter de dissimuler la réaction qu'elle avait éveillée en lui.

— Franchement, les choses seraient plus simples si tu étais devenue grosse et laide au cours des trois dernières années, commenta-t-il. J'ai souvent tenté de me convaincre que tel était le cas, d'ailleurs.

— J'imagine que je te dois des excuses, répondit-elle, ironique.

— C'est inutile. A vrai dire, je ne suis même pas sûr que cela aurait changé quoi que ce soit… Il y a quelque chose de magique entre nous. Et il me suffit de te regarder pour m'en rendre compte.

De fait, il avait terriblement envie de la toucher et dut serrer les poings pour résister à cette tentation.

— Tu n'as même pas changé de coiffure, observa-t-il pour faire diversion.

— Toi non plus, répliqua-t-elle. Tes cheveux sont toujours trop longs.

— Je vois que tu es toujours aussi conservatrice en la matière.

— Et toi, toujours aussi anticonventionnel.

Tyler rit de nouveau.

— Tu t'es adoucie. Autrefois, tu m'accusais d'être radical.

— C'est toi qui t'es adouci, protesta-t-elle. Tu étais vraiment radical, à l'époque.

— J'avais vingt ans, expliqua-t-il en haussant les épaules.

— Ne me dis pas que tu te sens vieux.

Il réfléchit longuement à la question avant de répondre.

— Si. J'imagine que c'est le lot de tous les sportifs. Nous sommes vieux avant l'heure...

— Tu ne te sens pas prêt à prendre ta retraite, quand même ? s'exclama-t-elle. J'ai vu la façon dont tu as gagné contre Bigelow, en demi-finales !

— Il m'a quand même fallu cinq manches, remarqua Tyler.

Incapable de résister, il tendit la main vers elle et effleura ses cheveux, lui arrachant un léger frisson.

— Tu as toujours aimé prendre ton temps, observa-t-elle.

Il sourit et elle détourna les yeux en rougissant légèrement, comprenant l'ambiguïté de ses propres paroles.

— Reviens avec moi, Asher, lui dit-il gravement.

— Je ne peux pas, objecta-t-elle.

— Tu ne peux pas ou tu ne veux pas ?

Un éclat de rire se fit entendre au loin. Il fut noyé par le groupe qui venait d'attaquer un nouvel air.

Asher ne disait toujours rien, sachant pertinemment ce dont elle se privait en refusant la proposition de Tyler. Finalement, elle lui prit doucement la main et la serra dans la sienne.

— J'aimerais que nous fassions la paix, lui dit-elle. Je crois que cela vaudrait mieux pour nous deux. Nous sommes qualifiés pour les finales et nous n'avons vraiment pas besoin de ce genre de complications.

— Tu veux que nous remettions la partie à plus tard ? demanda-t-il en portant ses doigts à ses lèvres. Que nous reprenions cette discussion à Paris ?

— Ce n'est pas ce que je voulais dire…

— Il faudra bien que nous allions jusqu'au bout, un jour ou l'autre, insista-t-il. Ce peut être ce soir ou lors du prochain tournoi. C'est à toi de voir…

— Tu sais que tu es aussi agaçant qu'autrefois ? soupira-t-elle.

— Evidemment ! s'exclama-t-il en souriant. C'est pour cela que je suis le meilleur.

Cette fois, elle ne put s'empêcher de rire.

— Tu es d'accord pour faire une trêve, alors ?

— Oui, répondit-il. Mais à une seule condition.

Il la vit hésiter, mais décida de forcer sa chance.

— Je voudrais que tu répondes à une question, Asher. Juste une seule.

— Laquelle ? demanda-t-elle d'une voix incertaine.

— Est-ce que tu étais heureuse ?

Un nouvel éclair de colère passa dans les yeux de la jeune femme.

— Tu n'as pas le droit…

— Si, l'interrompit-il. J'ai le droit de connaître la vérité. Tu me dois au moins cela.

Elle le regarda un long moment et il crut qu'elle refuserait de lui répondre.

— Non, soupira-t-elle enfin. Je n'étais pas heureuse.

Il aurait sans doute dû se sentir content ou, à tout le moins, satisfait. Mais, curieusement, cet aveu éveilla en lui une profonde tristesse. Tous deux restèrent silencieux pendant ce qui leur sembla une éternité.

— Je ferais mieux de t'appeler un taxi, déclara-t-il alors.

— Non, c'est gentil, mais je préfère marcher…

Tyler hocha la tête, percevant clairement la détresse qui l'habitait en cet instant. Il fut tenté de l'accompagner, mais comprit que cela ne ferait que compliquer les choses. Asher avait raison : tous deux avaient besoin de temps pour faire le point sur ce qui s'était passé entre eux depuis qu'ils s'étaient retrouvés.

Lorsqu'elle se détourna et s'éloigna à grands pas en direction de son hôtel, il se contenta donc de la suivre des yeux. Elle finit par disparaître au détour d'une rue et il se sentit brusquement très seul.

Il faillit rentrer dans le café, mais comprit que l'animation qui régnait à l'intérieur ne suffirait pas à chasser ses idées noires. Il se mit donc en marche et s'enfonça dans le dédale de ruelles qui s'ouvrait devant lui.

Malgré l'heure tardive, nombre de taxis et de Vespa circulaient encore. Il croisa également de nombreux noctambules qui se rendaient dans les bars ou les boîtes de nuit de la ville.

En chemin, il avisa de nombreux édifices majestueux : des églises, des palais, des ruines romaines qui évoquaient une histoire millénaire qui refusait de disparaître. Tyler ne put s'empêcher d'établir un parallèle avec sa propre situation. Lui aussi était hanté par ce passé qu'il n'arrivait pas à exorciser.

C'était d'autant plus paradoxal que, jusqu'à ce qu'il rencontre Asher, il ne s'était jamais soucié que du temps présent. Il faisait partie de ces rares personnes qui avaient la chance de vivre leur passion et il en profitait, refusant de regarder en arrière ou de se projeter dans l'avenir.

Pourtant, il n'en avait pas toujours été ainsi. Lorsqu'il était jeune, il rêvait souvent à ce qu'il ferait de sa vie. A dix ans, il était déjà un arnaqueur chevronné. Dans la banlieue sud de Chicago où il avait grandi, cela lui avait permis de survivre et de s'affirmer.

Fort heureusement, il se méfiait trop des groupes et de toute forme d'autorité pour rejoindre l'un des gangs qui régnaient sur le quartier. Il ne voulait ni obéir ni commander et préférait se tenir à l'écart de ces bandes organisées.

Sa mère lui avait également inculqué certaines valeurs dont il ne s'était jamais défait. Cette femme modeste, qui travaillait comme femme de ménage pour une grande compagnie, lui avait toujours montré l'exemple. N'ayant jamais connu son père, il se sentait également responsable de sa sœur cadette.

Ce sens des responsabilités l'avait poussé à respecter la loi et à poursuivre ses études alors que la grande majorité de ses camarades les abandonnait pour se livrer à divers trafics. Il s'était juré que, d'une façon ou d'une autre, il réussirait et assurerait la subsistance de sa famille.

Il était bien décidé à arracher sa mère à cet emploi épuisant et à financer l'entrée de sa sœur à l'université. Pendant longtemps, il n'avait su comment transformer ce vœu pieux en réalité. Jusqu'à ce que la réponse à ce dilemme lui parvienne sous la forme la plus inattendue : celle d'une raquette de tennis.

C'était sa mère qui la lui avait offerte pour son dixième anniversaire. Elle avait choisi ce cadeau parce qu'elle voulait qu'il ait quelque chose de spécial, quelque chose dont il n'avait pas besoin, mais qui lui ouvrirait de nouveaux horizons.

Tyler était instantanément tombé amoureux de

ce présent. C'était un enfant solitaire et il n'aimait pas les sports collectifs. Sa raquette lui permettait de s'amuser seul. Son premier partenaire avait été le mur de béton de son immeuble. Il se souvenait encore aujourd'hui de tous les graffitis qui le recouvraient.

Il passait des heures à jouer, apprenant à maîtriser de façon toujours plus précise le rythme et l'intensité de ses coups. Puis il s'était mis en quête de partenaires et avait hanté les courts de tennis.

N'ayant pas les moyens de s'offrir des leçons ou même de s'abonner à un club, il s'était fait engager comme ramasseur de balles. Il en avait profité pour observer les joueurs qui fréquentaient les courts et en avait conclu qu'il était au moins aussi doué qu'eux.

Son premier match avait été une véritable révélation. Il avait joué contre un autre adolescent que son ami avait laissé tomber et qui cherchait un partenaire. Tyler avait découvert que, contrairement à un mur, un adversaire en chair et en os savait faire preuve de ruse et de vitesse.

Et, s'il avait perdu le match, il en avait conçu une fascination plus grande encore pour ce sport.

Il avait donc continué à hanter les clubs de tennis, analysant avec attention les techniques de tous ceux qu'il voyait jouer. N'étant dénué ni de charme ni de bagout, il avait réussi à participer à plusieurs autres parties.

Chaque fois que quelqu'un prenait le temps de lui donner des conseils, il les écoutait, les emmagasinait et les adaptait à sa façon de jouer. Car, déjà à cette époque, il était en train de développer son propre style.

Bien sûr, il avait peu d'expérience. Son jeu était encore brut et manquait de raffinement et de mesure. Mais il possédait déjà un certain nombre de qualités qui allaient lui servir par la suite. Son service était rapide et précis. Il bougeait bien et se déplaçait très vite sur le terrain. Et, surtout, il était animé par un désir ardent de vaincre et de s'améliorer.

Lorsque sa raquette avait fini par rendre l'âme, sa mère lui en avait racheté une. Depuis, il en avait utilisé des centaines, toutes plus perfectionnées les unes que les autres, mais il n'avait jamais oublié celle-ci. A ses yeux, elle symbolisait le début de sa carrière de tennisman, le symbole de la passion qui ne le quitterait plus jamais.

Il l'avait conservée, d'abord parce qu'elle lui rappelait sa jeunesse puis parce qu'elle matérialisait un tournant de son existence.

Au cours des années qui avaient suivi, il s'était rapidement taillé une réputation de joueur redoutable. A treize ans, il était sans conteste le plus doué des membres du club où il s'entraînait et donnait des leçons pour payer sa cotisation. Son jeu s'était affiné et il avait lu tout ce qu'il pouvait trouver au sujet de son sport fétiche : magazines spécialisés, biographies des grands joueurs, manuels d'apprentissage…

Tandis que la majorité de ses petits camarades discutaient sans discontinuer du championnat de football ou de basket-ball, il suivait avec passion les retransmissions de Flushing Meadow et de Wimbledon sur la petite télévision en noir et blanc de leur appartement.

Il pressentait déjà qu'un jour, il ferait partie de ces joueurs prestigieux qui se disputaient les plus grands trophées. Et, une fois encore, c'était sa mère qui avait forcé le destin.

Les bureaux que nettoyait Ada Starbuck appartenaient à un certain Martin Derick, un avocat qui se trouvait être également un grand fan de tennis. Il était l'un des bienfaiteurs du country-club local. C'était aussi un homme cordial qui s'efforçait de se montrer accessible à ses employés, si modestes soient-ils.

Il ne manquait jamais de discuter avec Ada chaque fois qu'il la croisait dans les couloirs et prenait des nouvelles de sa famille. Elle mentionna donc à plusieurs reprises le talent de son fils et, lorsque Martin indiqua qu'il serait ravi de le voir jouer, elle lui proposa de venir le samedi suivant.

Par politesse ou par curiosité, Martin accepta l'invitation et se rendit dans le South Side. Là, sa réaction dépassa tous les espoirs d'Ada. Car si le style de Tyler manquait encore un peu de finesse, Martin fut conquis par sa combativité, par sa vitesse et par le génie qui transparaissait dans certains de ses coups.

A la fin du premier set, il s'était surpris à l'encourager avec enthousiasme. Jamais il n'avait croisé de joueur aussi brillant sur les courts du country-club. Immédiatement, il comprit que cet adolescent dégingandé possédait un talent hors du commun. A la fin du match, il alla donc le trouver pour lui faire une proposition.

— Tu veux vraiment jouer au tennis, petit ? lui demanda-t-il.

Tyler dévisagea longuement l'avocat avant de répondre.

— Si vous voulez faire un match, vous devriez changer de tenue, déclara-t-il enfin avec l'arrogance de la jeunesse.

Martin ignora son insolence, préférant y voir un signe d'assurance. Dans les yeux de Tyler, il devinait une intensité qu'il trouvait fort prometteuse.

— Est-ce que cela te dirait de jouer pour de l'argent ? demanda-t-il.

Tyler fit tourner sa raquette d'un air nonchalant. Mais Martin avait réussi à capter son intérêt.

— Pourquoi pas ? fit-il d'un ton léger.

Cette fois, Martin éclata de rire. Il commençait déjà à apprécier ce gamin trop sûr de lui.

— Il te faudrait quelques leçons et un court

décent pour t'entraîner. Ainsi qu'un équipement plus moderne... Ce n'est pas avec des cordes en plastique que tu deviendras un grand tennisman...

C'était une provocation et Tyler y réagit au quart de tour. D'un geste de défi, il propulsa de toutes ses forces une balle à l'autre bout du terrain.

— Pas mal, commenta Martin. Mais tu ferais encore mieux avec des boyaux.

— Ça, je le sais, déclara Tyler.

Martin sortit un paquet de cigarettes de la poche de sa veste. Il en prit une et en offrit au jeune homme qui refusa d'un signe de la tête. Prenant tout son temps, Martin alluma la sienne et inspira une profonde bouffée.

— Ce n'est pas bon pour votre santé, remarqua Tyler.

— Ça, je le sais, répliqua Martin sur le même ton que lui. Tu crois que tu pourrais jouer sur gazon ?

— Sans problème !

— Tu es bien sûr de toi...

— J'ai suivi tous les matchs de Wimbledon. Un jour, je jouerai là-bas et je gagnerai.

Martin s'abstint de sourire et tendit l'une de ses cartes de visite à Tyler.

— Appelle-moi lundi, lui dit-il.

Puis, sans ajouter un mot, il se détourna et quitta le court.

Tyler avait trouvé un mécène.

Evidemment, les choses ne furent pas toujours

aussi simples. Durant les sept années qui suivirent, ils eurent autant de disputes que de réconciliations, autant de discussions passionnées que de grandes déclarations d'amitié.

Tyler travailla très dur. Il savait que la discipline et l'effort constituaient les clés de son succès. Sous l'influence combinée de Martin et de sa mère, il poursuivit également ses études. Martin avait été très clair à ce sujet : s'il ne parvenait pas à obtenir des notes convenables au lycée, il ne pourrait plus compter sur son soutien.

Celui-ci prenait plusieurs formes. Tout d'abord, Tyler avait un accès permanent aux courts du country-club. Martin lui avait également acheté l'équipement qu'il jugeait indispensable. Enfin, il payait le professeur particulier qui était chargé de former le jeune homme aux subtilités de son sport.

Tyler consacrait tous ses après-midi, toutes ses soirées et tous ses week-ends à la pratique du tennis. Durant les vacances, il travaillait à mi-temps comme professeur de tennis au country-club. A l'âge de quatorze ans, il battait déjà tous les membres. A seize, il avait dépassé son propre professeur.

Tous ceux qui le connaissaient acceptaient ses sautes d'humeur, considérant qu'elles étaient une contrepartie nécessaire de son talent. La plupart des femmes qui fréquentaient le club le trouvaient séduisant et certaines d'entre elles l'initièrent très tôt aux mystères de l'amour.

Enfin, Martin estima que le moment était venu pour lui de se confronter à la réalité d'un tournoi. Il y entra en parfait inconnu et en sortit victorieux après une finale si disputée qu'elle fit le régal des journalistes de la gazette des sports de Chicago.

Chaque fois que Tyler perdait une partie, il était furieux contre lui-même et contre le monde entier. Lorsqu'il gagnait, il ne valait guère mieux. La presse le tolérait parce qu'il était jeune, brillant et haut en couleur. Le fait qu'il soit issu d'une banlieue difficile jouait aussi beaucoup en sa faveur.

A dix-neuf ans, Tyler put s'acheter sa première maison où il s'installa avec sa mère et sa sœur. A vingt ans, il remportait Wimbledon pour la première fois. Mais son ambition ne s'arrêta pas avec la réalisation de son rêve. Chaque nouveau match, chaque tournoi était un défi qu'il brûlait de relever…

En songeant à ses racines, cette nuit-là, dans les rues de Rome, Tyler se demanda ce qu'Asher et lui pouvaient bien avoir en commun. Contrairement à lui, elle avait eu une jeunesse privilégiée, protégée des dures réalités de la rue auxquelles il avait été exposé dès l'enfance.

Son père avait été l'un des meilleurs joueurs de tennis de sa génération. Aussi avait-elle été initiée bien plus tôt que lui à ce sport. A quatre ans, elle possédait déjà une raquette faite sur mesure et s'entraînait sur les meilleurs courts du monde. Sa mère devait certainement engager des femmes de ménage qui ressemblaient à Ada Starbuck.

Parfois, Tyler se demandait si c'était cette différence qui l'avait attiré chez elle. Mais, au fond, il savait pertinemment qu'il n'en était rien. Lorsqu'ils étaient dans les bras l'un de l'autre, leur passé n'existait plus. Il n'y avait plus que la magie de cette complicité aussi instinctive que totale.

C'était cette passion qui l'avait séduit. Il l'avait devinée sous l'attitude froide et maîtrisée dont elle ne se départait quasiment jamais. A ses yeux, elle avait constitué un nouveau défi. Et c'était une chose à laquelle il ne pouvait pas résister. Il avait pourtant dû attendre que l'adolescente qu'elle était devienne femme avant de le relever.

Au détour d'une rue, Tyler se retrouva devant l'une des nombreuses fontaines qui décoraient les rues de la capitale italienne. Il se tenait à présent sur une petite place terriblement romantique, l'une de celles qu'ils avaient cherchées autrefois pour pouvoir s'y embrasser à l'abri des paparazzi.

Ce simple souvenir éveillait en lui un désir insoutenable. N'avait-il donc aucun orgueil ? Comment pouvait-il avoir tant besoin d'elle alors qu'elle lui avait clairement fait comprendre qu'elle ne voulait plus de lui ? Alors qu'elle l'avait abandonné pour courir dans les bras d'un autre homme ?

Le pire, c'est qu'il ne savait toujours pas pourquoi elle l'avait fait. Combien de fois s'était-il repassé mentalement le film de leurs derniers jours ? Combien de fois avait-il désespérément cherché un indice, une clé, pour comprendre son geste ?

Et puis, il avait fini par renoncer aux questions, dissimulant la blessure qu'elle lui avait causée sous le masque de la rancune et de la colère. Mais cela n'avait pas suffi à la cicatriser, bien sûr. Au contraire, elle était devenue une partie intégrante de lui-même, une terrible incertitude qui le rongeait intérieurement.

Tyler avait d'autant plus de mal à l'accepter qu'il s'était toujours considéré comme un survivant. Il avait triomphé de la pauvreté et de la violence. Contre toute attente, il avait accompli son rêve et avait gagné sa place parmi les plus grands.

Mais il n'était pas sorti indemne de sa relation avec Asher. Pour la première fois de sa vie, quelqu'un avait réussi à percer son armure, à faire vaciller sa confiance en soi. Combien de fois, par la suite, avait-il couché avec une femme parce qu'elle avait la même couleur de cheveux, le même genre de voix ou les mêmes yeux qu'elle ?

Chaque fois, la désillusion avait été un peu plus grande. Plus il cherchait à la retrouver et plus elle paraissait s'éloigner de lui. Et au moment où il s'était pris à rêver qu'elle finirait peut-être par disparaître complètement de sa mémoire, voilà qu'elle resurgissait dans sa vie.

Elle était de retour, aussi belle et aussi séduisante qu'autrefois. Ses baisers le troublaient plus encore que dans son souvenir. Chaque fois qu'il posait les yeux sur elle, il brûlait de la toucher, de la tenir nue contre lui.

Loin de s'être atténuée avec le temps, son obsession n'avait fait que croître. Et le plus ironique, c'était qu'elle était célibataire, à présent…

Tyler poussa un juron qui résonna sur la petite placette déserte. Cette fois, décida-t-il, il ne se laisserait pas faire. Il n'était pas question qu'il la laisse prendre les rênes. Elle serait à lui, qu'elle le veuille ou non.

— Défi, stratégie, action, murmura-t-il.

C'était la devise qu'il s'était efforcé de suivre durant toute sa vie.

Sortant une pièce de la poche de son jean, il la propulsa d'une pichenette dans la fontaine. Elle troua la surface de l'eau et se posa au fond du bassin, parmi des dizaines d'autres. Il ne lui restait plus qu'à espérer que son vœu serait exaucé.

En attendant, ce dont il avait vraiment besoin, c'était d'un bon verre…

# *Chapitre 4*

Ce ne fut que lorsqu'elle embarqua pour Paris qu'Asher réalisa vraiment qu'elle avait accompli son objectif. Elle avait remporté l'open d'Italie, signant ainsi son retour parmi l'élite du tennis international.

Elle se rappelait vaguement les applaudissements et les vivats de la foule, Madge qui la serrait affectueusement contre elle, les dizaines de flashes qui l'avaient aveuglée et les centaines de questions auxquelles elle avait dû répondre avant de pouvoir s'écrouler sur la table de massage.

Ensuite, il y avait eu une fête, du champagne, de nouvelles interviews et des tas de gens qui tenaient à lui serrer la main ou à lui faire la bise. Elle avait vécu tout cela comme une sorte de rêve éveillé, incapable de prendre la mesure de ce qui lui arrivait.

Mais, alors que l'avion quittait la piste de l'aéroport, la réalité la rattrapa brusquement. Elle avait gagné son pari au-delà de ses propres espérances. C'était la première fois qu'elle triomphait sur la terre battue du Foro Italico. Et c'était un signe prometteur pour la suite de sa carrière.

Elle avait fait ses preuves et, soudain, toutes les heures passées à s'entraîner sans relâche au cours de ces six derniers mois prenaient un sens. Elle ne pouvait plus douter à présent du fait qu'elle avait pris la bonne décision.

Plus que jamais, elle était soulagée d'avoir tourné cette page de son existence. Son mariage avec Eric lui paraissait appartenir à un autre univers. Pouvait-on réellement parler de mariage, d'ailleurs ? Il avait suffi de deux mois pour que leur union prenne la forme d'une cohabitation aussi polie que dépassionnée.

Elle en venait presque à se demander comment elle avait bien pu épouser lord Eric Wickerton. Elle était pourtant pleinement responsable de cette erreur. C'était elle qui avait accepté sa demande alors qu'elle ne l'aimait pas vraiment. Il le savait déjà à l'époque, mais cela ne l'avait pas dérangé outre mesure.

Quant à elle, elle n'avait pas même cherché à protester lorsqu'il lui avait demandé de tenir un rôle dans lequel elle ne se reconnaissait pas. Tout ce qu'elle voulait, c'était fuir, quel que puisse être le prix à payer. Elle s'était donc glissée dans la peau de lady Wickerton, jouant les hôtesses modèles et les femmes dévouées.

En échange, elle s'était attendue à trouver de

l'affection et du respect. Mais elle n'avait pas tardé à se rendre compte qu'il n'en serait rien. Le mariage qu'elle avait contracté était pire que la situation qu'elle avait cherché à fuir. Elle avait ainsi découvert que les disputes étaient bien plus difficiles à supporter lorsque l'on n'avait rien en commun.

Asher repoussa ces souvenirs douloureux, refusant de laisser l'amertume l'envahir. Cette période de sa vie était révolue. Elle venait de remporter un tournoi. De nouvelles perspectives s'ouvraient devant elle. C'était tout ce qui comptait.

La jeune femme passa en revue les principales phases du jeu qui l'avait opposée à Tia. Michael avait vu juste, à son sujet. Sur le court, cette fille était une véritable diablesse. Elle jouait chaque coup avec le même enthousiasme, s'investissait sur chaque balle et paraissait ne jamais se fatiguer.

Elle avait le don d'exploiter la moindre faiblesse de ses adversaires. Face à Asher, elle avait imposé un rythme effréné, misant sur la fatigue que celle-ci avait accumulée depuis le début du tournoi. Les deux jeunes femmes avaient dû courir plusieurs kilomètres durant les trois sets qu'avait duré la rencontre.

La dernière manche avait été particulièrement éprouvante. Il leur avait fallu douze jeux interminables au cours desquels elles avaient bataillé pour chaque point. Tour à tour, elles avaient pris l'avantage avant de le perdre et le public avait vécu un match haletant.

Lorsqu'elles avaient enfin quitté le court sous les bravos, elles n'étaient plus que l'ombre d'elles-mêmes. Mais, aux yeux d'Asher, la victoire valait toutes les crampes, toutes les douleurs et toutes les courbatures du monde.

D'ailleurs, elle était rétrospectivement assez satisfaite que le match ait été aussi disputé. Cela n'avait donné que plus de prix au titre qu'elle avait décroché. La presse avait d'ailleurs longuement commenté cette rencontre d'anthologie, louant le retour inespéré d'Asher et la qualité de son jeu retrouvé.

A présent, il lui restait à confirmer ce premier succès et à démontrer aux autres joueuses qu'elle n'avait pas seulement profité de l'effet de surprise. Après tout, il lui faudrait encore bien des victoires pour retrouver son classement ATP d'autrefois. La prochaine étape se jouerait à Roland-Garros. Elle y avait déjà triomphé, l'année où elle sortait avec Tyler…

Comme elle se faisait cette réflexion, le souvenir du mois qu'ils avaient passé à Paris lui revint avec une douloureuse intensité.

*Tu veux que nous remettions la partie à plus tard ? Que nous reprenions cette discussion à Paris ?*

Malgré elle, elle ne put s'empêcher de frissonner.

Il y avait dans ces mots autant de promesses que de menaces. Une chose, en tout cas, était sûre : Tyler ne les avait pas prononcés à la légère. Quoi qu'il arrive, elle devrait l'affronter. Mais elle n'était plus la jeune fille innocente et naïve d'autrefois. La vie lui avait appris qu'il ne fallait attendre d'elle ni réponses faciles ni fins heureuses.

Il était loin le temps où elle pensait que toutes les histoires d'amour se terminaient par « ils vécurent heureux et eurent beaucoup d'enfants ». Elle avait cru à une époque que c'était ce qui se produirait entre Tyler et elle. Mais elle avait fini par réaliser que les choses n'étaient jamais aussi simples.

Il essaierait probablement de la séduire pour apaiser son ego. Bien sûr, cette fois, il s'agirait juste de son corps et pas de son cœur. C'était déjà suffisamment dangereux, d'ailleurs. Car elle se rappelait parfaitement l'amant merveilleux qu'il pouvait être.

En fait, si elle avait pu se donner à lui sans craindre que ses sentiments ne s'en mêlent, elle l'aurait probablement fait sans hésiter. Après tout, cela faisait près de trois ans qu'elle n'avait pas connu la moindre relation physique satisfaisante...

Malheureusement, elle n'était pas certaine de pouvoir dissocier la passion des émotions. Elle était même suffisamment honnête vis-à-vis d'elle-même pour reconnaître qu'elle aimait toujours

Tyler, qu'elle n'avait probablement jamais cessé de l'aimer.

La fin de leur histoire n'avait pas suffi à anéantir ce qu'elle ressentait pour lui. Et ce constat ne faisait qu'accroître la culpabilité qui la rongeait intérieurement.

Une fois de plus, elle se demanda comme il aurait réagi s'il avait été au courant. Mais c'était une question absurde. Comment aurait-elle pu lui dire quoi que ce soit ?

Asher serra les dents et contempla les nuages au-dessus desquels glissait son avion. L'impression de calme qui émanait de ce paysage aérien ne fit qu'accentuer son propre désarroi.

L'aurait-il crue ? L'aurait-il accepté ?

Non, songea-t-elle tristement. Bien sûr que non...

Et il ne devait jamais apprendre qu'elle portait son enfant lorsqu'elle avait épousé un autre homme. Ni qu'elle l'avait perdu à cause du désespoir qu'elle avait éprouvé en se retrouvant séparée de lui...

— Tyler ! fit une voix familière derrière lui.

Stupéfait, il se retourna pour faire face à la jeune femme qui venait de l'interpeller. Un large sourire éclaira alors son visage. Il lâcha brusquement la raquette qu'il tenait à la main et se précipita vers elle pour la prendre dans ses bras et la serrer de toutes ses forces contre lui. Elle éclata de rire, cherchant vainement à se dégager.

— Tu vas m'étouffer ! protesta-t-elle.

Tyler planta un baiser sur sa joue avant de s'écarter légèrement pour pouvoir la contempler. Elle était vraiment petite, mesurant presque trente centimètres de moins que lui. Sa silhouette était voluptueuse, ses yeux gris-vert étincelants et son sourire aussi radieux que communicatif.

Il songea qu'elle était vraiment très belle et se sentit envahi par l'amour profond qu'elle lui inspirait. Affectueusement, il ébouriffa ses cheveux coupés court qui étaient aussi noirs que les siens.

— Mais qu'est-ce que tu fais là ? lui demanda-t-il.

— Je me fais broyer les côtes par le meilleur joueur de tennis du monde, bien sûr, répondit-elle en lui tirant l'oreille.

Tyler passa un bras autour de ses épaules. Ce n'est qu'alors qu'il remarqua l'homme qui se trouvait derrière elle et les observait attentivement.

— Bonjour, Mac, fit-il en lui tendant la main.

— Tyler, comment vas-tu ?

— Très bien, merci.

La politesse légèrement distante de Tyler amusait beaucoup Mac. Il savait combien il était attaché à sa sœur cadette. Il lui arrivait souvent d'oublier qu'elle avait vingt-sept ans et était déjà mère d'un enfant. Lorsque Mac avait épousé Jess, deux ans auparavant, il avait compris qu'il devrait faire ses preuves.

Le fait qu'il soit plus âgé qu'elle de quinze ans,

qu'il lui ait fait traverser le pays pour l'emmener en Californie et qu'il préfère les échecs au tennis ne plaidait certainement pas en sa faveur. En réalité, s'il n'avait pas été le neveu de Martin Derick, il n'aurait sans doute pas eu la moindre chance de pouvoir approcher la jeune femme.

Fort heureusement, les deux années qui s'étaient écoulées avaient quelque peu amoindri la méfiance de Tyler qui se rendait bien compte que Mac avait su faire le bonheur de sa sœur.

— Est-ce que Pete est avec vous ? demanda-t-il à son beau-frère.

Mac lui sourit.

— Non, répondit-il. Il est avec sa grand-mère. Je crois qu'ils sont tous deux très contents de pouvoir passer un peu de temps ensemble.

— D'après moi, elle ne tardera pas à changer d'avis, remarqua Jess en riant. A un an, il commence déjà à courir partout et elle va avoir beaucoup de mal à le garder à l'œil. En tout cas, elle m'a demandé de t'embrasser de sa part. Tu sais qu'elle n'aime pas trop les longs voyages en avion.

— Je lui ai parlé hier soir, remarqua Tyler. Mais elle s'est bien gardée de me dire que vous veniez, tous les deux.

— Elle voulait te faire la surprise, expliqua Jess. Cela dit, je suis ravie que nous soyons venus ! Paris est la ville idéale pour s'offrir une deuxième lune de miel.

Jess et Mac échangèrent un regard complice et se prirent tendrement par la main.

— Qu'est-ce qu'il ne faut pas entendre ! s'exclama alors Mac. Si tu savais comme j'ai eu du mal à la convaincre de laisser Pete aux Etats-Unis. Si tu n'avais pas été là, elle n'aurait jamais accepté de venir. Elle est complètement gaga de son fils adoré.

— Ce n'est pas vrai, protesta Jess. Enfin, si, c'est vrai… Mais ce n'est pas ma faute s'il est si extraordinaire !

— Tu vois ce que je veux dire ? ironisa Mac. Ta sœur est convaincue que nous devrions l'expédier à Harvard sans attendre…

— Cela peut attendre l'année prochaine, répliqua malicieusement Jess. Alors ? ajouta-t-elle à l'intention de son frère. Tu es toujours premier ! Si tu savais comme Martin est fier de toi.

— A vrai dire, j'espérais qu'il pourrait assister au tournoi, répondit Tyler. Tu sais, je le cherche toujours des yeux, à chaque début de match…

— Il voulait venir, mais il a été retenu par ce procès qui a été ajourné, le mois dernier. Mac et moi nous chargerons de représenter la famille.

— Ça me va parfaitement. A quel hôtel êtes-vous descendus ?

— A l'hôtel…

Jess s'interrompit brusquement, les yeux fixés sur la jeune femme qui traversait le court désert.

— C'est Asher ? murmura-t-elle, sidérée.

Tyler se tourna vers son ex-petite amie qui ne les avait pas remarqués. Elle discutait avec Chuck de l'un des matchs qu'elle avait disputés à Rome.

— Oui, acquiesça-t-il, incapable de détacher les yeux de la jeune femme. C'est bien elle… Tu ne savais pas qu'elle était là ?

— Eh bien, j'avais lu qu'elle comptait reprendre la compétition…, reconnut Jess.

Elle se tut de nouveau, surprise par l'intensité des sentiments qu'éveillait en elle la simple présence d'Asher Wolfe. Elle se retrouva brusquement projetée des années en arrière, par un brumeux après-midi de septembre. Elle avait cru comprendre Asher, alors, mais tout avait changé au cours de ces derniers mois.

La jeune femme avait divorcé et voilà qu'elle était de retour sur les courts. Se tournant vers Tyler, elle l'observa attentivement et une sensation nauséeuse monta brusquement en elle. Avait-il aimé Asher ? L'aimait-il encore ? Et, surtout, que penserait-il d'elle s'il apprenait le rôle qu'elle avait joué dans la tragédie qui s'était jouée, trois ans auparavant ?

Jess n'était pas certaine de vouloir connaître les réponses à ces questions.

— Tyler ? fit-elle doucement.

Il se tourna vers elle et, dans ses yeux, elle lut une colère qu'il avait visiblement beaucoup de mal à contenir. Jess comprit que le moment était mal choisi pour l'interroger et se promit de le faire ultérieurement. Le soulagement qu'elle sentit alors monter en elle se doubla d'une profonde culpabilité.

— Alors ? fit son frère d'un ton faussement léger. Tu ne m'as toujours pas dit où vous étiez descendus…

— C'est ridicule, s'exclama Chuck. Ce n'est pas parce qu'il n'a que dix-huit ans et qu'il a bien négocié les matchs de qualification qu'il va remporter le tournoi ! Franchement, les journalistes racontent n'importe quoi !

— Allons, tu es juste jaloux parce qu'il est plus jeune et qu'il a toute sa carrière devant lui, protesta Asher en riant.

— Je ne suis pas jaloux ! protesta Chuck, blessé. Mais ce gamin est insupportable. Je crois que je n'ai jamais rencontré quelqu'un d'aussi arrogant. Il ne devrait pas oublier qu'il vit toujours chez ses parents et qu'il a encore tout à prouver dans un tournoi de cette envergure !

— Ce n'est quand même pas la peine de te mettre dans un état pareil. Je suis sûre que tu n'en feras qu'une bouchée en quarts de finale. Ce sera un match passionnant, d'ailleurs. La jeunesse contre l'expérience…

— Très drôle, Wolfe ! Toi, tu n'as pas à t'en faire. Tu rencontres Rayski. C'est une vieille femme, tout comme toi.

— D'accord, j'arrête de te taquiner, s'excusa

Asher. Plus sérieusement, quelle stratégie comptes-tu utiliser, cet après-midi ?

— Je n'en ferai qu'une bouchée, décréta Chuck avec une assurance un peu forcée.

Il sourit.

— Mais, au cas où je n'y arriverais pas, je laisserai à Tyler le soin de le faire en demi-finales ou en finale.

Asher fit rebondir la balle qu'elle tenait à la main.

— Tu es sûr que Tyler atteindra la finale ? demanda-t-elle.

— J'en mettrais ma main à couper, déclara-t-il sans hésiter. C'est son année. Jamais il n'a joué aussi bien.

L'admiration de Chuck pour son ami se teintait d'une légère pointe d'envie qui donnait plus de poids encore à son affirmation.

— Je suis certain qu'il est parti pour collectionner les titres, ajouta-t-il.

Asher ne répondit pas et Chuck entreprit de lui prouver ce qu'il venait de dire en se lançant dans une analyse détaillée des matchs que son ami venait de disputer.

Elle ne l'écoutait que d'une oreille, profitant de la tranquillité qui régnait sur Roland-Garros. Elle aimait ce moment de la journée. Il y avait dans l'air une sérénité fragile, une sorte de calme avant la tempête.

Bientôt, les tribunes seraient envahies de spectateurs et la compétition reprendrait ses droits. Des milliers de personnes se presseraient alors dans les allées et dans les tribunes. L'air résonnerait des salves d'applaudissements, des cris d'encouragement, du brouhaha des conversations et des éclats de rire.

Durant la première semaine du tournoi, les matchs se succédaient pendant près de onze heures d'affilée. Cette compétition était considérée comme l'une des plus difficiles du circuit. Comme Tyler, Asher était venue dans l'espoir d'arracher une seconde victoire à la terre battue parisienne.

Paris, comme Rome, évoquait à la jeune femme de nombreux souvenirs liés à Tyler. Elle se rappelait un certain cinéma où ils avaient passé leur temps à s'embrasser comme des adolescents devant un film d'Ingmar Bergman. Elle se rappelait la façon dont Tyler lui avait massé le mollet tout en l'exhortant à ne pas abandonner malgré la douleur.

Elle se rappelait aussi toutes les fois où ils avaient fait l'amour dans le petit hôtel où ils étaient descendus. A l'époque, elle croyait encore que rien ni personne ne pourrait jamais les séparer.

Repoussant ces souvenirs déchirants, Asher parcourut des yeux le court sur lequel ils se trouvaient. Ce n'est qu'alors qu'elle aperçut Jess. Elle ne put retenir un sursaut et toutes deux se contemplèrent en silence, incapables de dissimuler le mélange de surprise et de souffrance qui les avait envahies.

— Mais c'est Jess ! s'exclama alors Chuck qui venait à son tour de remarquer la jeune femme.

Il lui fit un signe de la main et prit le bras d'Asher pour l'entraîner vers elle.

— Allons lui dire bonjour !

Asher se dégagea, paniquée.

— Non, je dois…

Elle s'interrompit, incapable de trouver une excuse valable.

— Vas-y, je vous rejoindrai plus tard.

Chuck la contempla avec étonnement, mais elle se détourna avant qu'il n'ait le temps de lui poser la moindre question. Elle pressa le pas, résistant à l'envie qu'elle avait de se mettre à courir. Lorsqu'elle se retrouva dans l'allée qui longeait les courts, elle se força à ralentir l'allure.

Son cœur battait la chamade. Elle ne s'était pas attendue à croiser la sœur de Tyler. Et elle ne se sentait pas du tout prête à une telle confrontation. Elle avait besoin d'un peu de temps pour se préparer, pour décider de l'attitude à adopter face à elle.

Jess avait paru tout aussi stupéfaite qu'elle par sa présence. Cela n'avait rien d'étonnant, d'ailleurs, étant donné ce qu'elle lui avait dit lors de leur dernière rencontre, trois ans auparavant. Des bribes de cette conversation lui revenaient à la mémoire.

Toutes deux se trouvaient alors dans la chambre d'hôtel qu'Asher partageait avec Tyler.

Elle se rappela sa propre souffrance, son angoisse tandis qu'elle faisait sa valise pour aller rejoindre Eric. Tyler avait raison : elle avait fui. Peut-être avait-elle espéré alors qu'elle finirait par échapper à l'emprise qu'il exerçait sur elle. Mais elle réalisait aujourd'hui l'absurdité d'une telle idée.

Les sentiments qu'elle éprouvait n'avaient pas changé. Tyler était le seul homme qu'elle ait jamais aimé, le seul qu'elle aimerait jamais, sans doute. Il était le père de son enfant qui était mort avant même de venir au monde. Et elle ne se pardonnerait jamais l'accident qui lui avait coûté la vie.

C'était peut-être cela qui avait signé la fin de son mariage, plus encore que le manque d'amour ou de complicité.

A présent, Asher ne pouvait s'empêcher de se demander ce qui se serait passé s'il avait survécu. Aurait-elle vraiment pu cacher à Tyler le fait qu'il en était le père ? Aurait-elle pu demeurer l'épouse d'un homme qui n'était pas le père de son enfant ?

Elle serra les dents, repoussant ces interrogations qui ne faisaient qu'aviver la souffrance qui l'habitait depuis cette époque. Elle avait perdu Tyler, son bébé et le soutien de son père. Elle avait payé très cher les erreurs qu'elle avait commises. Et il était temps pour elle de tourner la page et de commencer un nouveau chapitre de sa vie.

Le contact d'une main sur son épaule la fit brusquement sursauter. Le cœur battant, elle se retourna et découvrit Tyler qui se trouvait juste derrière elle. Tous deux restèrent silencieux pendant quelques secondes qui semblèrent durer une éternité.

— Tu es inquiète au sujet de ton prochain match ? lui demanda-t-il enfin, se méprenant totalement sur les raisons de son évident désarroi.

— Un peu, mentit-elle, soulagée par cette diversion. Ryaski est vraiment très rapide.

— Tu l'as déjà battue, lui rappela Tyler.

— La réciproque est vraie.

Tyler lui prit doucement la main, s'efforçant de la rassurer par ce simple contact, comme il l'avait fait si souvent autrefois.

— Joue contre elle comme tu as joué contre Conway, lui conseilla-t-il. Elles ont à peu près le même style.

Asher ne put retenir un petit rire nerveux.

— Est-ce que c'est censé me rassurer ? demanda-t-elle.

— Tu n'en as pas besoin, lui affirma-t-il. De toute façon, tu es meilleure qu'elle.

Il leva la main vers son visage et lui caressa doucement la joue.

— Elle est peut-être plus rapide, mais tu es plus solide et plus endurante. Et cela te donne un avantage décisif sur terre battue, même si ce n'est pas ta surface de prédilection.

Asher hocha la tête, troublée par la gentillesse dont il faisait preuve.

— Tu as fait beaucoup de progrès, reprit-il. Ton revers n'est toujours pas aussi puissant qu'il le devrait, mais…

— Il a suffi contre Conway, objecta-t-elle, un peu vexée par cette remarque.

— Il pourrait quand même être meilleur, insista Tyler.

— Peut-être, reconnut-elle à contrecœur. J'ai vu que tu devais rencontrer Kilroy. Je n'ai jamais entendu parler de lui…

— Cela ne fait que deux ans qu'il est entré dans la course. Il a surpris tout le monde à Melbourne, la saison dernière.

Sans lâcher la main d'Asher, Tyler se mit en marche. Pendant quelques instants, ils se promenèrent ainsi main dans la main, se laissant aller à croire que rien n'avait changé entre eux. Brusquement, Tyler s'arrêta devant un parterre de fleurs.

— Tu as déjà vu des plantes pareilles ? s'exclama-t-il en contemplant leurs étranges corolles.

— Ce sont des sabots-de-Vénus.

— Quel nom ridicule !

— Espèce de cynique !

— Cynique, moi ? s'exclama Tyler d'un ton faussement outragé. Dois-je te rappeler qu'une fois, j'avais rempli la baignoire de ta chambre d'hôtel de pétales de rose ?

— C'est vrai, acquiesça Asher en souriant. Il m'a fallu plus d'une heure pour m'en débarrasser et pouvoir me laver… Tu avais vraiment le don de me surprendre avec ce genre de gestes absurdes, ajouta-t-elle sans pouvoir réprimer un soupir.

— Absurde ? Ce qui serait absurde, à mon avis, ce serait de remplir une baignoire de ces sabots-de-Vénus !

— Je me rappelle qu'il y avait toujours des dizaines de bouquets dans nos chambres. Tu te servais même de nos bouteilles vides pour y mettre des fleurs. Parfois, il m'arrive…

Asher s'interrompit brusquement, réalisant qu'elle se laissait emporter par ce flot de délicieux souvenirs. Tyler se rembrunit, rappelé à son tour à la réalité.

— T'est-il arrivé de te réveiller en plein milieu de la nuit et de me chercher à tes côtés ? lui demanda-t-il. As-tu ressenti cette impression de manque en réalisant que je n'y étais pas ?

— Tyler, je t'en prie…

— Moi, cela m'est arrivé souvent, poursuivit-il sans tenir compte de son expression suppliante. Lorsque tu es partie, j'en étais malade. Je n'arrêtais pas de me demander pourquoi. J'avais envie de toi tout le temps. Et je te détestais en même temps… Sais-tu seulement ce que l'on peut ressentir lorsque l'on est seul dans son lit, incapable de dormir parce que la femme que l'on aime se trouve à des milliers de kilomètres de là, dans les bras d'un autre homme ?

— Tais-toi, articula-t-elle, la gorge serrée. Ne dis pas des choses comme cela…

— Pourquoi ? répliqua-t-il. Parce que ce n'est pas agréable à entendre ? Parce que tu préférerais que je prétende n'avoir rien ressenti ? Que tu ne m'as pas brisé le cœur ? C'est trop facile, Asher.

Elle avait beaucoup de mal à soutenir son regard qui brûlait d'un mélange de passion et de colère. Incapable de répondre à ses accusations, craignant à tout instant de trahir les raisons de son départ, elle fit un pas vers lui et l'embrassa.

Tyler aurait voulu lutter contre ce baiser et la repousser. Mais il en était incapable. Un violent frisson le parcourut et il ne put s'empêcher de répondre à cette étreinte. Comment aurait-il pu y résister ? Asher avait le don de lui faire perdre ses repères, de lui faire oublier toutes ses résolutions.

Ne valait-il mieux pas renoncer à lutter ? S'il faisait l'amour avec elle, il parviendrait peut-être à exorciser une fois pour toutes cette envie dévorante qu'il avait d'elle. Au moment même où il formulait cette pensée, il comprit qu'il était en train de se mentir.

Cela faisait trois ans qu'elle était partie. Il aurait déjà dû l'oublier, la bannir de sa mémoire. Mais elle continuait à hanter ses rêves, à le détourner de toutes les femmes auprès desquelles il avait essayé de l'oublier. A tout moment, un simple détail suffisait à faire resurgir son souvenir, aussi douloureux que le jour où elle l'avait quitté.

Et tandis qu'il lui rendait son baiser, l'envie qu'il avait d'elle ne faisait que croître, envahissant chaque parcelle de son corps, chaque synapse de son esprit. Jamais personne n'avait exercé sur lui une telle fascination.

Incapable de résister à la tentation, il s'arracha à elle le temps de la prendre par la main et de l'entraîner derrière un bosquet d'arbres tout proche. Là, il l'embrassa de nouveau et laissa ses mains glisser sous son T-shirt.

Il avait besoin de sentir sa peau sous ses doigts, de s'assurer qu'elle réagissait toujours à ses caresses. Le cœur battant à tout rompre, il remonta jusqu'à sa poitrine menue qui se dressait déjà sous ses paumes. Asher ne put retenir un gémissement de plaisir et s'arqua légèrement pour mieux s'offrir à lui.

Les mains de Tyler se refermèrent sur ses seins tandis qu'un élan de désir presque insoutenable le traversait de part en part. Il aurait voulu pouvoir lui faire l'amour, soulager l'envie dévorante qu'il avait d'elle et que des années de séparation avaient aiguisée.

Sa chair était douce et brûlante et ses baisers se faisaient plus passionnés, presque avides. Leurs langues se mêlaient, trahissant leur impatience.

Lorsqu'il glissa sa jambe entre ses cuisses, elle fut parcourue d'un frisson irrépressible, terrassée par un accès de plaisir qui ne fit qu'accroître le besoin que Tyler avait d'elle.

Enlacés, ils se dévoraient de baisers et laissaient leurs mains courir sur leurs corps parcourus de tressaillements presque convulsifs. L'odeur entêtante des fleurs se mêlait à celle de leur peau, leur donnant le vertige.

Tyler avait l'impression de perdre tout repère, dérivant quelque part entre le passé et le présent, entre leur intimité perdue et la promesse d'étreintes à venir. Il se demanda s'il en allait de même pour Asher, si elle aussi percevait l'inéluctabilité de leur relation que ni la trahison, ni l'éloignement, ni le temps n'étaient parvenus à abolir.

Au loin, un éclat de rire se fit entendre, les rappelant brusquement à la réalité. A tout moment, quelqu'un pouvait surgir et les surprendre. Et les paparazzi auraient payé très cher pour les photographier dans cette position particulièrement compromettante.

A contrecœur, Tyler s'arracha donc à la jeune femme. Haletant, il la contempla, fasciné par le plaisir qui brillait dans ses magnifiques yeux bleus. Le trouble qui l'habitait contrastait avec son impassibilité coutumière, la rendant plus désirable encore.

Incapables d'articuler le moindre mot, ils se

regardèrent en silence, presque effrayés par l'intensité de leur propre réaction.

Asher ignorait combien de temps ils étaient restés ainsi enlacés. Son cœur battait à tout rompre et sa respiration était haletante. Tremblante, elle ne parvenait pas à reprendre le contrôle d'elle-même. Le plaisir qui l'avait submergée avait été si soudain, si violent que son corps tout entier en frémissait encore.

Jamais elle ne s'était sentie aussi vivante.

— Ce soir, murmura Tyler d'une voix rauque.

— Tyler..., protesta-t-elle faiblement.

— Ce soir, répéta-t-il.

— Je ne peux pas, articula-t-elle.

— Bon sang, Asher !

Il s'interrompit, avisant l'angoisse qui se lisait dans ses yeux.

— J'ai peur..., avoua-t-elle.

Cet aveu suffit à dissiper la colère qui montait en lui. Qu'aurait-il pu répondre à cela ? N'était-il pas lui-même terrifié par le besoin qu'il avait d'elle ? Lorsqu'elle se serra dans ses bras et posa sa joue contre sa poitrine, il poussa un profond soupir et se mit à caresser doucement ses cheveux soyeux.

— Je suis désolée, murmura-t-elle.

Asher se sentait désorientée. Jusqu'alors, elle avait réussi à se persuader qu'elle serait suffisamment forte pour résister au désir que lui inspirait Tyler. Mais elle comprenait à présent qu'il n'en était rien.

Son amour pour lui avait été décuplé par ces trois années de séparation.

— Asher, fit-il en la repoussant doucement, cette fois, je ne peux pas te promettre d'attendre que tu fasses le premier pas. Je ne peux pas te promettre non plus que je me montrerai tendre et patient. Les choses ont changé entre nous.

— C'est vrai, reconnut-elle. Et il vaudrait peut-être mieux pour nous deux que nous restions loin l'un de l'autre.

— Cela n'arrivera pas, lui promit Tyler.

— Nous devrions quand même essayer, plaida-t-elle.

— Je te préviens : je ne ferai rien pour te faciliter les choses.

— Ce n'est pas juste, protesta-t-elle.

Il émit un petit rire sans joie.

— Non, répondit-il. Mais je ne me battrai pas contre ce dont j'ai envie. Chaque fois que je te regarde, je me rappelle ce que nous avions, toi et moi. Et je me demande pourquoi tu as tout gâché. Cela me rend complètement fou.

— Je veux que tu saches que nous ne pourrons pas revenir en arrière. S'il doit se passer quelque chose entre nous, cela n'aura aucun rapport avec ce qui est arrivé à l'époque. Je ne répondrai pas aux questions que tu te poses et je ne te donnerai aucune explication, Tyler. Le passé est mort et enterré.

— Et tu crois vraiment que je me contenterai de cela ? répliqua-t-il, les yeux emplis de colère.

— Là n'est pas la question, répondit-elle calmement. Je te préviens simplement que je refuse de raviver de vieilles douleurs.

— C'est trop demander, répondit Tyler d'un air sombre.

Elle percevait la douleur qui l'habitait et sa culpabilité s'accrut encore. Elle aurait voulu le reprendre dans ses bras et le convaincre que le passé n'avait plus d'importance, que seul comptait l'avenir qui s'ouvrait devant eux.

Ce fut peut-être sa fierté qui l'en empêcha, ou cet instinct de survie qui était si profondément ancré en elle. Elle sentait aussi confusément qu'il leur serait impossible de nouer une relation fondée sur les non-dits.

Le passé était trop douloureux pour qu'ils puissent se contenter de l'ignorer. Le souvenir obsédant de leur rupture planerait toujours entre eux comme une ombre menaçante susceptible de les submerger à tout moment.

— Tu as raison, soupira-t-elle. Je crois qu'il vaudrait mieux que nous évitions de nous voir. Ce serait bien trop douloureux pour nous deux…

— Je n'ai jamais voulu te faire de mal, Asher, objecta Tyler. Il m'est arrivé de croire que je voulais me venger de ce que tu m'avais fait, mais je ne le pensais pas vraiment…

Elle ferma les yeux, se rappelant les paroles qu'avait prononcées Jess, des années auparavant. Elle aussi lui avait juré que son frère ne lui ferait jamais de mal.

— Nous ne le voulions ni l'un ni l'autre, répondit-elle enfin. Et c'est pourtant ce qui est arrivé. Ne vaudrait-il pas mieux que nous évitions de recommencer ?

— Regarde-moi, lui dit-il.

Il avait parlé d'une voix très douce et elle ne put s'empêcher de lever les yeux vers lui. La douceur qu'elle y lut lui transperça le cœur de part en part. Tendrement, il posa sa main sur sa joue.

— Tu sais très bien que ce n'est pas une question de choix, lui dit-il gravement. Nous avons besoin l'un de l'autre. Et rien ne peut changer cela.

— Je sais, soupira-t-elle. J'espérais que je pourrais m'en empêcher mais c'est impossible…

— Pourquoi résister, alors ?

— Je ne sais pas… Je crois que j'ai besoin de temps.

Il fit mine de protester puis se ravisa et hocha la tête. Il avait déjà attendu trois ans. Quelques jours ou quelques semaines de plus n'y changeraient rien.

— D'accord, fit-il. Je te laisserai du temps. Mais je te préviens, Asher : la prochaine fois, je ne demanderai pas.

Elle acquiesça, réalisant qu'une fois de plus, elle venait de placer son cœur entre les mains de Tyler. Mais qu'aurait-elle pu faire d'autre quand tout son être lui criait de s'abandonner à lui ?

# *Chapitre 5*

Quatrième set, septième jeu.

Derrière la ligne de fond de court, Tyler était en place, le corps tendu comme une corde d'arc, prêt à bondir sur la balle pour retourner le service de Michael. L'air était lourd, étouffant, et le ciel s'était chargé de lourds nuages qui annonçaient l'orage à venir.

Il ne voyait plus les tribunes pleines à craquer, n'entendait plus les cris et les encouragements du public. Tout son esprit était consacré sur la balle que Michael faisait mollement rebondir sur le sol de terre battue.

Il était seul. Un joueur de tennis ne pouvait blâmer personne lorsqu'il perdait. Et, lorsqu'il l'emportait, tout le mérite lui en revenait. Et c'était cette responsabilité qui avait séduit Tyler depuis le jour où il avait commencé à faire rebondir ses balles contre le mur de l'impasse située derrière chez lui.

Sur le court, bien plus encore que dans la vie, il était un homme libre.

Tyler avait attendu avec impatience le match qui

l'opposait actuellement à l'Australien. Ce dernier pratiquait un tennis passionné, intense, engagé. Il se donnait sans compter, s'investissait sur chaque balle, ne cachait ni sa joie ni sa colère.

Parmi tous les concurrents que Tyler rencontrait régulièrement sur les courts du monde entier, Michael était l'un de ceux pour qui il éprouvait le plus grand respect. Chacun de leurs matchs constituait à ses yeux un véritable défi qu'il avait toujours plaisir à relever.

Car Tyler avait rapidement découvert que la victoire n'était rien si elle n'était pas méritée. Et, face à Michael, elle n'était jamais garantie.

Depuis de longues minutes, Tyler cherchait une ouverture, une faiblesse dans le jeu de son adversaire. Mais il n'en avait encore trouvé aucune.

Michael lança la balle et la frappa de toutes ses forces. Une fois de plus, il trouva un angle impeccable, obligeant Tyler à se décaler sur la gauche pour pouvoir renvoyer. Il se replaça juste à temps pour répondre à la contre-offensive de Michael.

Le nouveau jeu s'engagea alors, rapide, précis, incisif. La concentration des deux adversaires était évidente, de même que la fatigue et la tension qui s'étaient accumulées en eux au cours des quatre premiers sets.

Michael retournait tous ses coups et Tyler comprit brusquement qu'il allait lui falloir changer de tactique. Jusqu'à présent, ils étaient principalement restés en fond de court. Mais le moment était venu de prendre des risques.

A peine eut-il formulé cette pensée qu'il modifia la position de sa raquette pour effectuer un amorti. La balle passa juste au-dessus du filet et Michael dut se précipiter en avant pour la cueillir après le premier rebond. Il tenta un passing-shot pour contrer Tyler qui était monté au filet, mais il était arrivé trop tard pour contrôler parfaitement son coup.

La volée de Tyler fut aussi brutale qu'imparable et laissa son adversaire sur place.

— Zéro, quinze, fit l'arbitre.

Un véritable torrent d'applaudissements noya cette annonce. Une femme s'adressa à Tyler, mais sa connaissance du français n'était pas suffisante pour lui permettre de déterminer s'il s'agissait d'un encouragement ou d'une proposition galante.

Il alla se positionner derrière la ligne et attendit le service de Michael. Une fois de plus, celui-ci fut très rapide. Mais pas assez pour le prendre de vitesse. Tyler renvoya la balle et alla se positionner au milieu du court. Michael tenta de frapper loin mais Tyler intercepta, accélérant encore le rythme du jeu. Michael tenta un passing-shot qui lui valut un slice puis un nouveau coup en profondeur auquel Tyler répondit par un smash ravageur.

— Zéro, trente, annonça l'arbitre.

Michael se vitupéra à voix haute avant de

reprendre sa place au service. Il prit tout son temps, refusant de se laisser déconcentrer par ces deux points perdus. Tyler résista à sa propre impatience et attendit.

L'échange qui suivit constitua une véritable démonstration technique. Michael avait décidé de monter à son tour au filet et Tyler resta donc en fond de court, renvoyant coup pour coup sans jamais accélérer. Cette fois, il voulait user son adversaire.

Mais Michael refusait de se laisser intimider et plusieurs minutes s'écoulèrent avant qu'il ne rate l'un de ses retours qui fut intercepté par le filet.

— Zéro, quarante.

La nervosité de Michael était à présent perceptible et son premier service sortit du court. Le deuxième fut plus prudent, donnant l'avantage à Tyler qui effectua un retour éclair avant de monter au filet. Avec l'énergie du désespoir, Michael tenta de le déstabiliser, alternant les coups différents et prouvant ainsi l'étendue de sa palette de jeu.

Malheureusement, il ne pouvait se permettre de prendre trop de risques et ce fut sa prudence qui le perdit. Tyler se donnait à fond sur chaque balle, sachant qu'il avait trois points d'avance sur son adversaire. Comme l'échange menaçait de s'éterniser, il tenta le tout pour le tout et inclina brusquement sa raquette pour imprimer un effet à la balle.

Celle-ci alla s'écraser juste derrière le filet et rebondit mollement. Michael était bien trop loin pour espérer la rattraper.

— Jeu et set, Starbuck, annonça l'arbitre tandis qu'un nouveau déluge d'acclamations résonnait dans le stade.

— Il est génial ! s'exclama Jess qui avait observé l'échange avec passion. J'avais presque oublié ce que l'on pouvait éprouver en le regardant jouer !

— Je te rappelle que tu as suivi toutes ses rencontres en Italie, répondit son époux en épongeant son visage couvert de sueur.

— A la télévision, acquiesça Jess. Mais ce n'est pas pareil. Est-ce que tu sens cette ambiance, quand il joue ? On se croirait dans une Cocotte-Minute sur le point d'exploser !

— Effectivement, reconnut Mac avec une pointe d'ironie. Mais, à mon avis, c'est en grande partie dû à la chaleur et à l'humidité ! On étouffe, ici.

Jess éclata de rire.

— Tu es incorrigible, lui dit-elle avant de se pencher vers lui pour déposer un baiser sur ses lèvres.

Mais, lorsqu'elle s'écarta de lui, il vit son sourire s'effacer brusquement. Suivant des yeux son regard, il avisa Asher Wolfe qui se tenait à quelques mètres de là, entourée de tennismen dont les visages lui étaient vaguement familiers.

— Tu as vu qu'elle avait remporté sa demi-finale ? demanda-t-il, un peu étonné par la tension que la jeune femme faisait naître chez son épouse.

Il avait déjà remarqué son malaise lorsqu'elle l'avait aperçue de loin, le jour de leur arrivée. Mais il connaissait suffisamment Jess pour ne pas la presser de questions. Elle lui expliquerait les raisons de son attitude lorsqu'elle serait prête à le faire.

— C'est impressionnant pour une femme qui est restée si longtemps éloignée de la compétition, ajouta-t-il.

— C'est vrai, reconnut Jess. Il faut croire que son mariage ne l'a pas empêchée de continuer à s'entraîner…

— Elle a épousé lord Wickerton, n'est-ce pas ?

— Oui, acquiesça Jess. C'était sans doute une bonne chose. Tyler et elle auraient probablement été très malheureux ensemble…

— De toute façon, j'ai l'impression que ton frère est bien trop pris par sa carrière pour s'impliquer sérieusement dans une relation amoureuse, observa Mac.

— C'est vrai, reconnut-elle. C'est sans doute pour cela qu'il l'a laissée partir, d'ailleurs. S'il l'avait vraiment aimée, il se serait battu pour qu'elle reste.

Son ton manquait de conviction et Mac se

demanda si ce n'était pas elle-même qu'elle tentait ainsi de convaincre.

— Je n'imagine pas vraiment Tyler en train de courir après une femme, remarqua-t-il. Il est bien trop fier pour cela…

Jess hocha la tête, les yeux fixés sur son frère qui se préparait déjà à servir. Elle le revit brusquement tel qu'il lui était apparu, trois ans auparavant. Il se trouvait alors à Forest Hill et contemplait d'un air morne le court sur lequel il devait jouer l'après-midi même.

Surprise par l'expression douloureuse qui se lisait sur son visage, elle s'était approchée de lui et avait passé un bras autour de sa taille avant de poser sa tête contre son épaule.

— Tu penses déjà à ton match ? lui avait-elle demandé.

— Non.

— Ce doit être étrange de se retrouver face à son meilleur ami.

— Tant que nous serons sur le terrain, il nous faudra faire abstraction de notre amitié, lui avait-il répondu d'une voix lointaine.

Percevant la tristesse et le désarroi qui l'habitaient, elle avait senti son cœur se serrer dans sa poitrine. A ses yeux, Tyler était bien plus qu'un frère. C'était un héros, un modèle. Il lui avait tout donné sans jamais rien demander en retour. Grâce à lui, elle n'avait jamais manqué de rien et avait pu faire les études que leur mère n'aurait jamais pu financer.

— Que se passe-t-il, Ty ? lui avait-elle demandé.

— Rien…

— Est-ce que tu t'es disputé avec Asher ?

Une curieuse expression s'était peinte dans son regard.

— Non, avait-il pourtant répondu. Nous ne nous sommes pas disputés…

Jess avait clairement senti qu'il ne lui disait pas toute la vérité. Elle s'inquiétait beaucoup au sujet de son frère. Il était resté avec Asher plus longtemps qu'avec n'importe laquelle de ses anciennes petites amies. Pourtant, Jess avait remarqué la froideur et l'indépendance de la jeune femme qu'elle considérait comme un signe d'indifférence.

Contrairement à la plupart des femmes qu'il avait connues, elle conservait vis-à-vis de Tyler une certaine distance.

— Est-ce qu'il t'arrive de repenser à notre vie passée, Jess ? lui avait alors demandé son frère.

— Notre vie passée ? avait-elle répété, se demandant ce qu'il voulait dire.

— Lorsque nous étions enfants… Te rappelles-tu l'appartement minable que nous habitions, les DeMarco qui vivaient à côté et ne cessaient de se disputer, l'odeur de moisi et de sueur qui flottait toujours dans l'escalier… ?

Quelque chose dans le ton de Tyler avait troublé

Jess sans qu'elle comprenne ce dont il s'agissait exactement. Une chose était certaine : la mélancolie et la résignation qui perçaient dans sa voix ne lui ressemblaient guère et cela lui faisait peur.

— Pas très souvent, avait-elle répondu. Mais je ne m'en souviens probablement pas aussi bien que toi. Je n'avais que quinze ans quand nous nous sommes installés dans la nouvelle maison…

— Il m'arrive de me demander si l'on peut vraiment échapper à sa condition, avait soupiré Tyler.

Ses yeux étaient fixés sur le terrain et Jess s'était demandé ce qu'il voyait vraiment, en cet instant.

— Je n'ai jamais oublié cette odeur, avait-il repris. Lorsque j'ai demandé à Asher quelle odeur lui rappelait le plus son enfance, elle m'a dit que c'était celle des glycines qui étaient accrochées au mur, sous la fenêtre de sa chambre…

— Où veux-tu en venir ? avait murmuré Jess.

— Je ne sais pas…

— Je croyais que tu avais tourné la page.

— Je n'en suis plus aussi sûr… Hier, nous étions en train de dîner lorsque Wickerton est venu nous saluer. Asher et lui se sont mis à parler du mouvement impressionniste en France. En quelques minutes, j'étais complètement perdu…

Jess avait senti son cœur se serrer dans sa poitrine. Elle savait que Tyler n'était jamais allé à l'université et qu'il déplorait souvent ses propres lacunes. C'était peut-être pour cela qu'il avait tant insisté pour qu'elle fasse des études supérieures.

— Tu aurais dû l'envoyer paître, avait-elle déclaré.

Tyler avait éclaté de rire.

— Ça a été ma première réaction, avait-il avoué. Et puis, je les ai observés et j'ai réalisé qu'ils étaient du même monde, tous les deux, qu'ils se comprenaient et qu'ils parlaient le même langage. En fait, c'était moi l'intrus, dans cette conversation. J'imagine qu'il y a certaines barrières que l'on ne peut franchir, même lorsque l'on s'est hissé au sommet de sa propre discipline…

— Ne dis pas cela. Tu pourrais apprendre ces codes, si tu le voulais.

— Justement, je ne suis pas sûr de le vouloir vraiment. Je me moque des impressionnistes français, de leur parent commun qui se trouve être un cousin éloigné de la reine d'Angleterre ou du nom du cheval qui a remporté la dernière course à Ascot… Et même si je m'y intéressais, je ne parviendrais jamais à oublier cette odeur de moisi et de sueur…

— Asher n'aurait pas dû encourager ce Wickerton, avait déclaré Jess. Il la suit depuis Paris !

— Je ne crois pas qu'elle l'encourage, tu sais. C'est une simple question de bonnes manières. Elle n'est pas comme nous, Jess. Je l'ai toujours su, d'ailleurs…

— Il n'empêche ! Elle aurait dû l'envoyer se faire voir.

— Ce n'est pas dans son tempérament. Asher est trop bien élevée pour cela.

— Elle est juste froide et distante.

— Cela n'a rien à voir, avait protesté Tyler. Toi et moi, nous sommes pareils : nous disons ce que nous avons sur le cœur sans rien dissimuler. Si nous voulons crier, nous crions. Si nous voulons bouder, nous le faisons. Certaines personnes en sont incapables.

— Dans ce cas, elles sont stupides, avait rétorqué Jess avec l'assurance de la jeunesse.

De nouveau, Tyler avait éclaté de rire avant de la serrer dans ses bras.

— Je t'aime, lui avait-elle dit. Je ne veux pas te voir aussi malheureux. Pourquoi la laisses-tu te faire du mal ?

— Je me le suis souvent demandé. Je me demande si je n'ai pas tout simplement besoin que quelqu'un me force à changer…

Sur le coup, Jess n'avait pas compris ce qu'il voulait dire par là.

La foule manifestait un enthousiasme intact, fascinée par l'intensité du match que livraient Tyler et Michael. Assis entre Madge et Asher, Chuck avait les yeux rivés sur la balle qui fusait en tous sens.

— Tu prends des notes ? lui demanda Madge.

Chuck devait rencontrer en finale le vainqueur de ce duel au sommet.

— C'est une véritable leçon de tennis, répondit-il sans détourner le regard du court. Le meilleur match que j'aie vu au cours de ces deux dernières années !

Asher ne disait plus un mot. Depuis longtemps, elle avait renoncé à toute objectivité. Car, même si les deux joueurs possédaient d'incontestables qualités physiques et techniques, elle n'avait d'yeux que pour Tyler.

Ce n'était pas seulement parce qu'elle le connaissait, ni parce qu'elle était sortie avec lui. Elle admirait la rage contenue qui transparaissait dans chacun de ses gestes. Il y avait en lui une intensité presque terrifiante et elle se demandait comment quelqu'un d'aussi calme et maîtrisé qu'elle-même pouvait être sensible au charme d'un tel homme.

Peut-être était-ce justement parce qu'ils se complétaient si bien, parce qu'elle trouvait en lui la passion et l'enthousiasme qui lui faisaient parfois défaut. Et c'était peut-être un peu grâce à elle que Tyler avait réussi à développer un tel contrôle de soi.

Une chose était certaine : même au milieu de cette foule, même séparée de lui par tous ces gens qui manifestaient bruyamment leur enthousiasme, elle le désirait ardemment. C'était une réaction instinctive, primaire, qui s'imposait à elle comme une évidence.

Cette sensation n'était accompagnée d'aucune honte, d'aucune peur. Elle lui paraissait au contraire parfaitement naturelle, aussi nécessaire que l'air qu'elle respirait. En le retrouvant, elle avait réalisé combien il lui avait manqué au cours des trois années interminables qui venaient de s'écouler.

Il lui semblait brusquement que sa vie avait été mise entre parenthèses, qu'elle avait perdu quelque chose d'essentiel. Mais, ce soir, elle était bien décidée à se retrouver. La décision s'imposa brusquement à elle, incontestable, fatale. Ce soir, elle s'offrirait à lui. Et s'il devait ensuite la repousser, s'il devait choisir de se venger de la façon dont elle l'avait abandonné, elle l'accepterait.

Mais elle ne pouvait plus continuer à se mentir.

Cette certitude lui arracha un éclat de rire qui trahissait le bonheur sauvage qui venait de l'envahir. Chuck lui jeta un regard interrogateur, se demandant visiblement ce qui pouvait bien provoquer chez elle une telle hilarité.

— Il va gagner, lui dit-elle avec conviction.

Elle ne pensait pas seulement à la partie que Tyler était en train de disputer.

— Il va gagner, répéta-t-elle.

Tyler serra les dents, s'efforçant d'ignorer la douleur lancinante qui l'habitait. Il savait pertinemment que, s'il s'arrêtait un seul instant de bouger, il succomberait aux crampes qui étaient en train de gagner ses jambes. Mais il refusait obstinément de baisser les bras. Tant qu'il lui resterait une once d'énergie, il continuerait à se battre.

Il n'était plus qu'à un point de la victoire. Un tout petit point qui le séparait encore du triomphe et d'un repos bien mérité. Mais Tyler avait assisté à trop de matchs pour se laisser griser par l'émotion. Combien de fois avait-il vu des joueurs que l'on croyait acculés à la défaite trouver un second souffle et revenir sur leur adversaire pour remporter le match ?

Bien décidé à ne pas être victime d'un tel coup du sort, Tyler restait parfaitement concentré sur le jeu. Il savait que Michael était moins fatigué que lui et qu'il ne l'emporterait pas par la force. Depuis vingt minutes, il avait donc changé de stratégie. Il multipliait les feintes et les changements de rythme, s'efforçant de prendre son adversaire à contre-pied, lui dictant son jeu.

Cela n'avait pas suffi. Michael était parvenu à lui prendre des points et tous deux s'étaient retrouvés à égalité dans ce dernier set. Puis Tyler avait réussi à placer un ace qui lui donnait l'avantage. S'il le perdait de nouveau et si Michael remportait ce jeu, il devrait faire face à un tie-break. Or Tyler savait qu'il n'était plus assez frais pour cela.

S'il voulait gagner, il devait profiter de cette

balle de match pour conclure ce duel qui n'avait que trop duré. La pression était énorme et Tyler y répondit comme il le faisait toujours : en attaquant.

Le dernier échange fut épique. C'était une lutte à mort entre deux joueurs qui maîtrisaient parfaitement leur tennis et étaient dotés de la même hargne, de la même envie de l'emporter. Jamais Tyler n'avait disputé de partie aussi acharnée. Il lui semblait qu'il touchait là à l'essence même de sa discipline : un combat sans merci, un face-à-face impitoyable qui sollicitait toutes ses ressources et le forçait à se dépasser à chaque instant.

La balle fusait d'un bout à l'autre du court, mais les deux joueurs la suivaient obstinément, refusant de se laisser distancer. Comprenant qu'il ne pourrait tenir très longtemps encore, Tyler décida brusquement de jouer le tout pour le tout et réalisa un amorti.

Si Michael avait le temps de revenir du fond du court et de frapper, il s'exposait à un passing impitoyable. Le temps sembla ralentir tandis que son adversaire traversait le terrain à toute vitesse. Il parvint à cueillir la balle juste avant qu'elle ne rebondisse une seconde fois, bien trop tard pour pouvoir espérer frapper.

Michael n'eut pas même besoin d'attendre le retour fulgurant de Tyler pour comprendre qu'il avait perdu.

— Jeu, set et match, Starbuck, annonça l'arbitre

tandis qu'une gigantesque ovation faisait vibrer le central.

Tyler s'immobilisa. Il lui fallut faire appel à toute la force de sa volonté pour ne pas s'effondrer sur le sol en terre battue. Ses jambes tremblaient convulsivement. Son bras était tétanisé. Son corps tout entier lui semblait vidé.

Mais il avait gagné.

Lentement, il se dirigea vers le filet. Michael lui serra la main.

— Bon sang, Starbuck, marmonna-t-il. Tu as bien failli me tuer, cette fois…

— A qui le dis-tu ? répliqua-t-il en souriant.

— Je crois que j'ai besoin d'un verre. Que dirais-tu de te soûler avec moi, ce soir ?

— Compte sur moi.

Les deux hommes serrèrent la main de l'arbitre qui avait écouté leur échange d'un air amusé. Puis Tyler alla récupérer ses affaires sur son banc et se dirigea d'un pas chancelant vers les vestiaires. Tandis qu'il approchait de la meute de journalistes qui l'attendaient près de l'entrée, il se tourna vers la tribune d'honneur et chercha Asher du regard.

Il la trouva presque aussitôt et constata qu'elle l'observait attentivement. Malgré la distance, il sentit ses beaux yeux bleus le transpercer de part en part. Il s'y noya pendant quelques instants qui lui parurent durer une éternité. Puis il la vit se frayer un chemin vers lui jusqu'au bord des tribunes.

Il l'attendit, profitant du fait que Michael répondait aux questions des journalistes.

— Félicitations, lui dit-elle.

— Merci.

Le sourire de la jeune femme réchauffait le cœur de Tyler. En la regardant, il avait presque l'impression de sentir la fatigue se dissiper.

— Je peux t'inviter à dîner, pour fêter ça ? lui demanda-t-elle.

— Bien sûr, répondit-il, surpris.

— On se retrouve dans le hall de l'hôtel à 19 heures.

Il hocha la tête et elle s'éloigna brusquement. Avant qu'il ait eu le temps de s'interroger sur la signification de ce brusque revirement, les journalistes étaient sur lui. S'efforçant de masquer son agacement, Tyler répondit à leurs questions.

Quelques minutes plus tard, il put enfin savourer la douche dont il rêvait depuis plus d'une heure. Il se savonna vigoureusement pour faire disparaître la transpiration et la terre battue qui adhérait à ses mollets. Puis il but abondamment et gagna la table de massage.

Là, il s'effondra et s'abandonna aux soins énergiques de son kinésithérapeute. Ses muscles étaient à présent tellement noués que chacun de ses gestes lui arrachait une grimace de douleur. Pendant dix minutes, il crut qu'il allait mourir puis, lentement, son corps se détendit et il s'endormit.

Pas une fois il n'avait pensé à sa victoire. En fait, la seule chose à laquelle il pensait en succombant au sommeil, c'était les yeux d'Asher.

Asher était assise dans le hall de l'hôtel en compagnie de Madge et de son mari qui se chamaillaient affectueusement. Elle essayait désespérément de se convaincre qu'elle n'était pas nerveuse, mais ne cessait de jeter des coups d'œil en direction de l'horloge qui indiquait obstinément 18 h 50.

Elle avait passé une éternité à choisir sa tenue et sorti la quasi-totalité de ses vêtements, avant d'opter pour l'ensemble couleur pêche qu'elle avait sélectionné initialement. Après s'être recoiffée une bonne dizaine de fois, elle avait mis les boucles d'oreilles en perle et en corail que lui avait offertes Tyler dans une autre vie.

— Où est-ce que vous allez dîner ? demanda Madge à qui la nervosité de son amie n'avait pas échappé.

— Dans un petit restaurant qui se trouve sur les quais, pas très loin de Notre-Dame, répondit Asher.

Elle avait choisi cet endroit parce qu'ils y étaient allés lors de leur dernier passage à Roland-Garros.

— Vous allez avoir du mal à trouver un taxi, par ce temps, observa Madge.

Un coup de tonnerre se fit entendre, comme

pour confirmer ce pronostic. Quelques minutes après la fin du match, une pluie torrentielle s'était abattue sur la ville et elle paraissait ne devoir jamais cesser.

— Chuck m'a dit qu'il avait trouvé Tyler et Michael endormis comme des bébés sur leurs tables de massage, reprit Madge en souriant. Il paraît que la scène a fait les délices de la presse et qu'elle sera demain en première page de *L'Equipe*.

— Ils ont bien mérité un peu de repos, commenta son époux.

— C'est vrai, reconnut Madge. Mais cela risque de casser leur image héroïque.

Asher ne put s'empêcher de sourire. Elle se rappelait parfaitement combien Tyler pouvait paraître jeune et vulnérable lorsqu'il était endormi. Il lui avait alors toujours fait penser à un petit garçon épuisé par son propre trop-plein d'énergie.

— Dis donc, fit alors le mari de Madge, est-ce que ce ne serait pas la sœur de Tyler ?

Le cœur battant, Asher releva les yeux et vit Jess et son époux traverser le hall de l'hôtel. Elle aussi avait remarqué sa présence et, cette fois, elle n'eut d'autre choix que de venir la saluer.

— Bonjour, Asher, fit-elle d'une voix légèrement tendue.

— Jess…

— Je ne crois pas que tu connaisses mon

mari, Mackenzie Derick. Mac, je te présente lady Wickerton.

— Wolfe, corrigea aussitôt Asher en serrant la main que Mac lui tendait. Est-ce que vous êtes parent de Martin Derick ?

— C'est mon oncle, répondit Mac aimablement. Vous le connaissez ?

— Très bien, répondit Asher en souriant.

Elle acheva de faire les présentations et Mac eut tout le loisir de l'observer. Jess avait raison, songea-t-il. Asher était une femme réservée. Mais il percevait en elle une vitalité qui ne pouvait échapper à un homme. Il y avait chez elle une forme de sensualité qui n'était pas évidente, mais perçait pourtant sous son attitude distante et parfaitement maîtrisée.

— Etes-vous aussi amateur de tennis que votre oncle, monsieur Derick ? lui demanda-t-elle.

— Appelez-moi Mac, je vous en prie. Et, pour répondre à votre question, disons que je suis uniquement fan par alliance. Je ne joue pas moi-même, ce qui a le don de désespérer mon oncle.

Asher sourit, conquise par sa simplicité et son naturel. Elle devinait en lui une force tranquille et comprit qu'il était exactement l'homme qu'il fallait à Jess : quelqu'un qui saurait respecter le rôle que Tyler tenait dans sa vie sans se laisser étouffer par le tempérament protecteur qu'il adoptait vis-à-vis de sa sœur.

— Martin a toujours été un peu trop enthousiaste, reconnut Asher. Il devrait pourtant se contenter du champion qu'il a découvert.

Elle se tourna vers Jess qui l'observait en silence.

— Est-ce que votre mère va bien ? lui demanda-t-elle.

— Très bien, répondit la jeune femme d'un ton nerveux. Elle est restée à la maison avec Pete...

— Pete ?

— Notre fils, précisa Jess.

Asher sentit sa gorge se serrer. Mac remarqua que ses doigts s'étaient brièvement crispés sur les accoudoirs de son fauteuil.

— Je ne savais pas que vous aviez eu un bébé, remarqua-t-elle. Ada doit être ravie.

Asher était presque surprise de parvenir à garder le sourire et à s'exprimer sur un ton léger malgré la douleur qui l'habitait.

— Quel âge a-t-il ? demanda-t-elle.

— Quatorze mois, répondit Jess.

Elle sortit son portefeuille de son sac à main.

— Maman dit qu'il ressemble beaucoup à Tyler. Cela ne m'étonne pas, d'ailleurs. Il a commencé à courir avant même de savoir marcher !

Elle sortit une photographie qu'elle tendit à Asher. Celle-ci n'eut d'autre choix que de s'en emparer. Pete était un enfant adorable. La forme de son visage évoquait celle de son père, mais ses cheveux étaient noirs et drus, comme ceux de

Jess et de Tyler. Ses grands yeux gris rayonnaient d'intelligence. Il émanait effectivement de lui une impression d'énergie et de vivacité étonnantes.

— Il est magnifique, déclara Asher en rendant la photographie à Jess. Vous devez être très fiers… Est-ce que Tyler lui a déjà offert sa première raquette ?

Mac éclata de rire.

— Gagné, répondit-il. On dirait que vous le connaissez bien !

— Oui, répondit Asher. Sa famille et le tennis ont toujours été les piliers de son existence.

— J'ai vraiment du mal à croire que tu puisses être mère ! s'exclama Madge. Lorsque je l'ai rencontrée pour la première fois, ajouta-t-elle à l'intention de Mac, c'était encore une adolescente maigrelette qui se rongeait les ongles chaque fois que son frère était en train de jouer…

— Ça n'a pas changé, lui assura-t-il en riant. J'ai bien cru qu'elle allait faire un infarctus, tout à l'heure…

Ce fut Asher qui aperçut Tyler la première. Il portait un pantalon noir et une chemise grise qui soulignait son regard pénétrant. Il ne l'avait certainement pas choisie pour cette raison, réalisa-t-elle en souriant intérieurement. En fait, il avait probablement pris la première qu'il avait trouvée dans son armoire.

Mais Tyler possédait une grâce naturelle qui,

alliée à l'entraînement intensif qu'il s'imposait, lui permettait de porter avec élégance n'importe quelle tenue. Ses sponsors ne s'y étaient d'ailleurs pas trompés et le sollicitaient souvent pour présenter leurs modèles sur leurs affiches ou dans leurs spots publicitaires.

Il s'immobilisa au bas de l'escalier et contempla le petit groupe en souriant.

— Oh, voilà Tyler ! s'exclama Jess avec enthousiasme.

Elle traversa le hall pour aller le serrer dans ses bras.

— Tu as été fantastique ! lui dit-elle. Je suis très fière de toi…

— Merci, répondit-il en souriant.

Mais ce n'était pas elle qu'il regardait à ce moment-là. Asher gardait pourtant le silence, craignant de trahir les sentiments qui l'habitaient en cet instant.

— Jess a raison, déclara Madge. Tu as bien mérité ta paie, aujourd'hui. Le doyen et moi allons passer la soirée avec Michael pour essayer de lui remonter le moral.

— Dites-lui que j'ai perdu au moins deux kilos sur le court, répondit Tyler sans quitter Asher des yeux.

— Je doute fort que cela le réconforte beaucoup, remarqua Madge en riant. Bon, nous ferions mieux d'y aller si nous voulons avoir une chance de trouver un taxi…

— Nous devrions les suivre, déclara aussitôt Mac.

Tous deux avaient compris instinctivement qu'Asher et Tyler avaient envie de se retrouver seuls. Après avoir pris congé du couple, ils entraînèrent donc leurs conjoints respectifs vers la sortie.

Lorsqu'ils eurent quitté l'hôtel, Asher et Tyler continuèrent longuement à se dévorer des yeux. Ni l'un ni l'autre n'avait besoin de mots pour savoir ce qui était sur le point de se passer. Finalement, ce fut elle qui prit l'initiative.

D'un geste décidé, elle lui prit la main et l'entraîna vers l'ascenseur.

# *Chapitre 6*

Ils ne parlèrent pas, peut-être parce qu'ils n'auraient su exprimer par des mots ce qu'ils ressentaient en cet instant. Sans lâcher la main d'Asher, Tyler pressa le bouton correspondant à l'étage de sa chambre. Il sentait la paume de la jeune femme trembler légèrement sous ses doigts et cela ne faisait qu'ajouter à son trouble.

L'ascension leur parut durer une éternité. Enfin, les portes s'ouvrirent devant eux et ils remontèrent le couloir jusqu'à la chambre. Tyler sortit sa clé de sa poche et ouvrit la porte.

Asher comprit qu'il entendait lui laisser le choix. Si elle franchissait le seuil, ni l'un ni l'autre ne pourrait endiguer la passion qui couvait entre eux. Sans hésiter un seul instant, elle entra.

A l'intérieur, elle perçut l'odeur omniprésente de Tyler. C'était une senteur qu'elle n'avait jamais pu oublier. Elle aviva le brasier qui couvait déjà en elle, lui rappelant toutes les fois où elle s'en était imprégnée lorsqu'elle reposait nue entre ses bras.

L'assurance qu'elle avait éprouvée jusqu'alors disparut brusquement. Elle chercha quelque chose à dire pour dissiper le silence, mais ne trouva rien. Sous l'œil attentif de Tyler, elle parcourut la pièce. Un joyeux désordre y régnait. Des vêtements étaient posés çà et là, sur les chaises et les meubles de la suite.

La scène était si familière qu'elle sentit son cœur se serrer dans sa poitrine. Comment avait-elle pu survivre loin de lui pendant si longtemps ?

— On dirait que l'orage va durer toute la nuit, remarqua-t-elle enfin en contemplant la fenêtre sur laquelle venaient s'écraser de lourdes gouttes d'eau.

Comme pour confirmer ce constat, un éclair déchira le ciel, bientôt suivi par le grondement du tonnerre. Asher se tourna vers Tyler, attendant qu'il parle. Mais il ne dit mot. Seul le crépitement de la pluie sur la vitre et le ronronnement lointain de la circulation troublaient le silence.

Tyler la buvait toujours du regard. Incapable de supporter la tension qui s'était brusquement installée, Asher se détourna. Elle l'entendit alors traverser la chambre pour la rejoindre. Puis il prit son visage entre ses mains et le tourna vers lui.

Dans les yeux d'Asher, Tyler lut un mélange enivrant d'angoisse et de désir. Lorsqu'il se pencha vers elle, il vit ses lèvres s'entrouvrir. Mais sa bouche se posa sur l'une de ses tempes.

Bien décidé à prendre tout son temps et à savourer cet instant dont il avait rêvé durant si longtemps, il embrassa son front, ses sourcils et ses joues, faisant pleuvoir sur elle une pluie de petits baisers qui lui arrachaient de légers tressaillements d'impatience.

Il apprivoisait à nouveau ce visage qu'il avait tant aimé, retrouvant ces traits familiers qu'il avait si souvent contemplés. Il se rappelait chaque détail, peut-être parce qu'il n'avait jamais cessé de la revoir en rêve. Lorsque sa bouche effleura enfin la commissure de ses lèvres, la respiration d'Asher se fit haletante.

Elle fit mine de l'embrasser, mais il recula légèrement pour l'en empêcher avant de reprendre ses caresses. Cette fois, il suivit la ligne de ses lèvres du bout de sa langue, lui arrachant un petit gémissement. Incapable de résister à cette délicieuse torture, Asher noua les bras autour de sa taille et l'embrassa avec passion.

La lueur d'un éclair projeta contre le mur l'image de leurs corps enlacés tandis qu'ils se dévoraient de baisers toujours plus ardents.

— Déshabille-moi, souffla-t-elle. Je veux sentir tes mains sur moi…

Cette fois, Tyler ne se fit pas prier. Il fit glisser la fermeture Eclair de la robe qu'elle portait, laissant ses doigts accompagner sa descente. La peau brûlante d'Asher était parcourue de frissons irrépressibles et elle s'arqua pour mieux s'offrir à lui.

Finalement, le vêtement glissa doucement à ses pieds. Impatiente, elle entreprit de déboutonner la chemise de Tyler. Elle découvrit son torse puissant, ses bras musclés et son ventre plat qu'elle effleura de ses ongles. Le grondement qu'il poussa lui confirma le désir qu'il avait d'elle.

Il la reprit alors par la main et l'entraîna vers le grand lit sur lequel il l'allongea. Là, ils se débarrassèrent l'un l'autre du reste de leurs vêtements. Asher aurait voulu le sentir en elle, mais il était bien décidé à prendre tout son temps.

Incapable de se repaître de la vue de son corps, il entreprit de lui rendre hommage de ses lèvres et de ses mains. Il commença par sa gorge avant de descendre lentement jusqu'à ses seins dont les tétons se dressaient déjà sous l'effet du désir qu'elle avait de lui.

Lorsqu'il se mit à agacer l'un d'eux du bout de sa langue, elle poussa un cri rauque qu'elle-même ne reconnut pas. Plongeant ses mains dans les cheveux de Tyler, elle le pressa contre sa poitrine. Son corps tout entier vibrait au gré de ses attouchements toujours plus audacieux.

L'envie qu'elle avait de lui était si intense qu'elle craignit brusquement de perdre la raison. Et lorsque ses lèvres descendirent le long de son ventre pour se poser entre ses cuisses, elle ne put retenir un cri d'extase. Encouragé par son ardeur, il entreprit d'explorer son intimité. Il la sentait à présent trembler sous lui, offerte à ses caresses. Son abandon attisa encore son propre désir.

C'était une chose qui l'avait toujours fascinée

chez Asher. Elle qui était si distante, qui faisait preuve d'une maîtrise de soi si parfaite, ne reculait devant aucune audace lorsqu'ils étaient ensemble. Elle entreprit d'ailleurs de répondre à ses caresses.

Lorsque Tyler sentit les mains et la bouche de la jeune femme sur lui, il faillit succomber au plaisir qu'elle éveillait en lui. Incapable de résister à ce mélange de douceur et de passion, il la repoussa à contrecœur, le temps de recouvrer un semblant de contrôle.

Lorsqu'il l'embrassa, tous deux roulèrent sur le lit défait, se pressant l'un contre l'autre comme s'ils voulaient ne faire qu'un.

Enfin, incapable de repousser plus longtemps l'inévitable, il entra en elle. Enveloppé de toutes part par la douceur moite d'Asher, il commença à bouger en elle, lentement d'abord puis de plus en plus vite.

Tous deux sentirent monter en eux une vague de plaisir irrépressible qui envahissait chacun de leurs membres, se communiquait à chaque parcelle de leur être. Ils la chevauchèrent, s'élevant toujours plus haut jusqu'à ce que leur passion oblitère tout le reste, jusqu'à ce que leur extase les fasse basculer dans un brasier qui les consuma corps et âme.

Asher poussa un profond soupir de contentement. Jamais elle n'avait éprouvé une telle impression de plénitude, pas même lorsqu'elle sortait avec Tyler, trois ans auparavant. Car elle ne savait pas alors que leur amour pouvait prendre fin, qu'aucune promesse n'était jamais gravée dans le marbre.

Elle ignorait alors ce que signifierait sa vie sans lui. Aujourd'hui, elle en avait parfaitement conscience et la simple idée de le perdre de nouveau éveillait en elle une indicible angoisse.

— Tu as froid ? lui demanda-t-il, se méprenant sur la cause du frisson qui venait de la parcourir.

— Un peu, mentit-elle. Où est ma robe ?

— Je ne sais pas ce qu'il en reste, répondit Tyler.

Elle rit, heureuse d'être auprès de lui, de retrouver cette complicité merveilleuse qui les avait unis autrefois. Elle se sentait libre de rire et d'aimer de nouveau et cette impression avait quelque chose d'enivrant. Se redressant sur un coude, elle observa attentivement son compagnon.

Ses yeux trahissaient un calme et une décontraction qui tranchaient avec son énergie et son impatience habituelles. Un léger sourire jouait sur ses lèvres, conférant à son visage une étonnante douceur. Le rythme de sa respiration paraissait s'accorder parfaitement à celui de la jeune femme. Une fois de plus, elle eut l'impression troublante que tous deux ne formaient qu'un seul être.

— Si tu savais comme tu m'as manqué, murmura-t-elle d'une voix étranglée par l'émotion.

Elle nicha son visage au creux de son cou. Il

lui semblait que des années de vide avaient été balayées en quelques minutes.

— Asher…, commença-t-il.

Elle n'eut pas besoin de plus pour comprendre où il voulait en venir.

— Non, l'interrompit-elle doucement. Pas de questions.

Se redressant, elle couvrit ses joues et son front d'une pluie de petits baisers.

— Contente-toi d'être avec moi, ce soir, reprit-elle. Je veux retrouver ce que nous avions autrefois…

Il prit le visage d'Asher entre ses mains et la regarda gravement. Il y avait dans les yeux de la jeune femme une supplique muette qui se teintait d'une pointe de désespoir. Tyler décida que les interrogations qui le hantaient pouvaient attendre. Il ravala donc les questions qui lui brûlaient les lèvres.

— Je pensais que tu voulais m'inviter à dîner, remarqua-t-il.

Asher se sentit envahie par un profond soulagement.

— Tu es sûr que j'ai dit ça ? demanda-t-elle malicieusement.

— Parfaitement. Je l'ai même noté sur mon agenda.

— Je pense que tu as attrapé une insolation, répliqua-t-elle. Tu as dû rester trop longtemps sur ce court…

— Justement, je suis affamé !

— Et moi, je préférerais rester dans ce lit…

Il se jeta sur elle et lui mordit le cou.

— Très bien ! s'exclama-t-il. Dans ce cas, c'est toi que je vais dévorer.

Asher éclata de rire et se débattit vainement pour lui échapper. Se rappelant leurs luttes d'autrefois, elle trouva le point sensible, juste sous ses côtes et il fut parcouru d'un frisson incontrôlable qui permit à la jeune femme de se dégager.

— Je me demande ce que la presse donnerait pour apprendre que l'invincible Starbuck est aussi chatouilleux, remarqua-t-elle malicieusement.

— A peu près la même somme que pour apprendre que l'impassible Asher Wolfe a une marque de naissance en forme de cœur sur la fesse droite, répliqua-t-il sur le même ton.

Elle fit mine de réfléchir quelques instants.

— Disons que nous sommes quittes, alors. Est-ce que tu veux vraiment aller au restaurant ?

Tyler contempla Asher et sentit le désir s'éveiller de nouveau en lui. La lumière tamisée de la lampe de chevet soulignait les courbes magnifiques de son corps.

— Nous pourrions peut-être dîner ici, déclara-t-il enfin.

Sans attendre, il décrocha le téléphone qui était posé sur la table de nuit et appela le room service.

— Bonsoir, fit-il d'une voix allègre. J'aimerais

commander une bouteille de champagne, du caviar et des crevettes pour deux personnes… Oui, ce sera tout. Merci.

Il raccrocha et se tourna de nouveau vers Asher qui avait entrepris de couvrir sa poitrine et son ventre de petits baisers.

— Je ne savais pas que la nourriture exerçait sur toi un tel effet aphrodisiaque, commenta-t-il d'une voix un peu rauque.

— C'est toi qui me fais cet effet, répondit-elle. Fais-moi encore l'amour…

— Nous avons tout le temps, protesta-t-il. Laisse-moi d'abord te regarder.

Il la repoussa doucement et l'allongea sur le dos avant de repousser le drap qui les recouvrait jusqu'à la taille. Pendant plusieurs secondes, il la contempla attentivement, la buvant littéralement des yeux. Le mélange d'admiration et de désir qui brillait dans son regard suffit à enflammer Asher.

— Tu es encore plus belle qu'autrefois, déclara-t-il enfin.

— Tu n'es pas mal non plus, répondit-elle pour masquer son embarras.

Tyler sourit et posa doucement sa tête sur sa poitrine. Asher laissa ses doigts jouer sur ses cheveux. Elle se sentait si bien, en cet instant, qu'elle aurait voulu arrêter le temps et passer le reste de sa vie dans ses bras.

— Tu sais, lui dit-elle, pendant que tu jouais

contre Michael, aujourd'hui, je ne pouvais pas m'empêcher d'imaginer ce moment…

— Dois-je comprendre que ton invitation à dîner était un piège ?

— Tout à fait. Je me disais que tu serais trop fatigué pour pouvoir résister très longtemps. Mais je comptais quand même t'offrir à manger et à boire pour te mettre dans de bonnes dispositions.

— Qu'aurais-tu fait si je m'étais montré plus résistant que prévu ?

— J'aurais bien trouvé quelque chose d'autre.

— Quoi, par exemple ?

— Eh bien, j'aurais sans doute été obligée de te séduire en bonne et due forme…

— Je regrette presque de m'être laissé faire aussi vite. J'aurais bien voulu voir cela…

— C'est trop tard. Tu es à moi, maintenant.

— Je pourrais changer d'avis, objecta facétieusement Tyler.

— Sauf que je connais tes points faibles, répliqua Asher en effleurant le bas de son cou du bout des ongles.

Il ne put retenir un violent frisson et elle se pencha vers lui pour l'embrasser avec une ardeur qui le prit par surprise et lui ôta toute chance de résister. Elle s'écarta alors brusquement, faisant naître en lui une terrible sensation de frustration.

— Asher…, protesta-t-il d'une voix rauque.

Elle sourit malicieusement et il étouffa un

juron, comprenant qu'elle faisait de lui ce qu'elle voulait. Se jetant sur elle, il la cloua sur le lit et lui rendit son baiser avec passion. Elle finit par le repousser en riant.

— Tyler, la porte, articula-t-elle, haletante.

Il mit quelques instants à comprendre ce qu'elle voulait lui dire. Quelqu'un frappait à la porte de sa suite. Réprimant un juron, il se redressa et s'efforça de recouvrer un semblant de contrôle de soi. Il s'aperçut alors qu'il tremblait de tous ses membres. Comment avait-il pu oublier l'effet fulgurant qu'Asher exerçait sur lui ?

S'arrachant à elle, il alla chercher une robe de chambre dans l'un de ses placards. Asher le suivit des yeux, admirant son corps musclé et nerveux, ses larges épaules, ses hanches étroites et ses longues jambes. Il avait le corps d'un danseur, songea-t-elle.

— Tu es magnifique, lui dit-elle tandis qu'il enfilait son peignoir.

Il se contenta de hausser les épaules, embarrassé par ce compliment. Asher ne l'en trouva que plus irrésistible. Il y avait en lui une forme de modestie presque enfantine, comme s'il ne comprenait jamais vraiment ce qui lui valait une telle admiration de la part de la gent féminine.

Pourtant, il y avait en lui une beauté évidente. Ce n'était pas seulement à cause de son physique avantageux, réalisa Asher. Il s'agissait aussi de quelque chose de plus intérieur, de plus profond. Contrairement à la majorité des hommes qu'elle connaissait, Tyler n'avait pas peur de montrer ses sentiments. Il ne cachait ni l'amour qu'il portait à sa mère et à sa sœur, ni la tendresse qu'elle-même lui inspirait.

Contrairement à ce qu'aurait pu laisser penser la rage de vaincre dont il faisait preuve sur les courts du monde entier, il était dénué de toute méchanceté. Et si son tempérament était parfois explosif, il n'était ni rancunier ni violent. En fait, c'était ce mélange de force et de douceur qui avait le plus manqué à la jeune femme au cours de ces dernières années.

Pourtant, il ne lui avait jamais dit qu'il l'aimait. Dans le cas contraire, elle n'aurait probablement pas eu le courage de le quitter.

— Tu rêves ?

Brusquement rappelée à la réalité, Asher se tourna vers Tyler qui revenait vers le lit, un plateau chargé de victuailles à la main.

— Tout ça pour nous deux ? s'exclama-t-elle, amusée.

— Je ne savais pas que tu en voulais aussi, sinon j'aurais commandé le double, plaisanta Tyler.

Il posa précautionneusement son plateau sur le lit et s'empara de la bouteille de champagne qu'il entreprit de déboucher.

— Tends-moi les flûtes, demanda-t-il à Asher.

Elle s'exécuta et il les remplit à ras bord.

— Ty ! Je vais en renverser partout, protesta-t-elle.

— Tu ferais bien de faire attention, alors, répliqua-t-il en souriant.

Il reposa la bouteille et s'assit en tailleur devant elle pour la contempler tout à son aise.

— Tu comptes en prendre une ? demanda-t-elle en s'efforçant de tenir leurs flûtes en équilibre.

— Je ne sais pas encore, répondit-il.

Il tira doucement sur le drap qui dissimulait la poitrine de la jeune femme.

— Tyler, arrête, protesta-t-elle. Je vais vraiment tout renverser…

— Il ne vaut mieux pas. Je te rappelle que nous sommes censés dormir dans ce lit.

Il tira un peu plus sur le drap et déposa un léger baiser sur l'un des seins d'Asher. Elle eut beaucoup de mal à ne pas lâcher les deux verres.

— C'est vraiment petit, Starbuck, s'exclama-t-elle.

— Je sais, répondit-il malicieusement.

— Je me demande si je ne ferais pas mieux de te verser ces deux flûtes sur la tête.

— Ce serait du gâchis, objecta-t-il. Il s'agit d'un très bon champagne…

— Dans ce cas, je vais les boire toute seule.

— Dois-je te rappeler que tu ne tiens pas l'alcool ?

— Tu dis vraiment n'importe quoi, s'offusqua Asher.

Il éclata de rire et effleura sa gorge de ses lèvres.

— Je me souviens pourtant d'une soirée mémorable où nous avons partagé une bouteille de champagne et où tu étais complètement soûle. Tu racontais n'importe quoi. Mais j'avoue que ce n'était pas déplaisant…

— Je n'ai aucun souvenir de cette soirée.

— Cela ne m'étonne pas, répliqua facétieusement Tyler.

— Très bien. Je vais te prouver que je tiens l'alcool aussi bien que toi.

Joignant le geste à la parole, elle avala presque d'un trait l'une des flûtes de champagne.

— Et d'une, annonça-t-elle avant de porter l'autre à ses lèvres.

Tyler la lui arracha des mains.

— Inutile de te presser, lui dit-il. Nous avons tout notre temps.

Il but une gorgée tandis qu'Asher se servait une tartine de caviar.

— C'est délicieux ! s'exclama-t-elle, ravie. Tiens, goûte.

Elle lui tendit le toast dans lequel il mordit avant de hocher la tête.

— Je reconnais que ce n'est pas mauvais. Mais je trouve tout de même cela un peu surfait. Personnellement, je préfère les crevettes.

Il plongea l'une d'elles dans le bol de sauce épicée et la tendit à la jeune femme qui n'en fit qu'une bouchée.

— C'est délicieux, approuva-t-elle. Je ne m'étais pas rendu compte que j'étais aussi affamée…

Tyler remplit de nouveau son verre et l'écouta d'une oreille distraite tandis qu'elle commentait le match qu'elle avait remporté ce jour-là. Qui aurait pu imaginer que l'ange de glace pouvait deviser gaiement en mangeant du caviar complètement nue ? Qui savait qu'elle pouvait se montrer aussi décontractée et mutine ?

Elle s'exprimait sans aucune retenue et riait comme une gamine espiègle en léchant ses doigts couverts de sauce piquante. Quel contraste avec la joueuse froide et professionnelle qui choisissait toujours ses mots avec soin, se gardait de tout commentaire inutile et de toute manifestation de joie ou de frustration !

En cet instant, elle était pleine de vie, passant sans transition de la fierté au doute, de la joie à l'inquiétude, se félicitant pour son service et critiquant les faiblesses de son revers. Son visage était animé, ses mains papillonnaient librement pour souligner chacune de ses remarques, ses yeux brillaient d'un enthousiasme contagieux.

Elle était pleinement elle-même et, dans ces moments-là, elle paraissait plus belle encore.

— Est-ce que tu es inquiet à l'idée de rencontrer Chuck en finale ? lui demanda-t-elle brusquement.

— Pourquoi ?

— Eh bien, il a toujours été très bon, mais j'ai l'impression qu'il s'est encore amélioré au cours de ces trois dernières années.

— Tu ne crois pas que je puisse le battre ?

— Si, bien sûr, répondit-elle sans hésiter. Toi aussi, tu as progressé.

— Ça, c'est gentil.

— En tout cas, ce sera une belle opposition de styles. Chuck joue un peu comme le faisait mon père. Son tennis est propre et précis. Il soigne chacun de ses coups.

— Tu sous-entends que je bâcle les miens ? ironisa Tyler.

— Tu sais bien que non. Simplement, tu fonctionnes beaucoup plus à l'instinct. Tu prends parfois des risques inutiles, ce qui te rend imprévisible. Mon père avait coutume de dire que tu étais l'un des athlètes les plus accomplis qu'il ait jamais vus…

— Mais il n'arrêtait pas de me reprocher les colères que je piquais sur le court, lui rappela Tyler en souriant.

— C'est vrai. Je suppose qu'il aimerait encore plus te voir jouer, aujourd'hui.

— Et que penserait-il de toi ?

Asher détourna les yeux.

— Pourquoi n'est-il pas venu à Rome ? insista Tyler. Pourquoi n'est-il pas à Paris ?

— Je préférerais ne pas en parler, éluda Asher.

Elle hésita quelques instants avant de poursuivre.

— Je l'ai déçu. Et il ne me le pardonnera jamais.

— C'est ton père, protesta Tyler.

— C'était aussi mon entraîneur.

— Qu'est-ce que cela peut bien changer ?

— Tout, répondit Asher.

Comme pour anesthésier la douleur qui perçait dans sa voix, elle avala une nouvelle gorgée de champagne.

— S'il te plaît, n'en parlons plus. Je ne veux pas gâcher cette soirée magique…

Tyler souleva doucement sa main et la porta à ses lèvres.

— Rien ne pourrait gâcher ce qui s'est passé ce soir, répondit-il.

Il la regarda droit dans les yeux et elle sentit les battements de son cœur s'accélérer.

— Tu sais, poursuivit-il, je n'ai jamais réussi à t'oublier. Il y avait tant de choses qui me faisaient penser à toi. Certaines chansons, certains lieux, certains mots… Parfois, il m'arrivait de rester étendu dans mon lit et de t'entendre respirer à mes côtés.

— C'est fini, maintenant, répondit Asher, la gorge serrée par l'émotion. Nous sommes de nouveau ensemble, à présent.

— C'est vrai, acquiesça Tyler. Mais, tôt ou tard, il nous faudra bien affronter le passé.

Asher faillit protester. Mais elle comprit qu'il avait raison. Ils ne pourraient pas éternellement prétendre que rien ne s'était passé. Un jour ou l'autre, il voudrait savoir pourquoi elle était partie. Et elle serait bien obligée de tout lui raconter.

— Pas aujourd'hui, soupira-t-elle. Pour le moment, tout ce que je souhaite, c'est profiter de ces retrouvailles…

Sur ce, elle vida son verre et le tendit à Tyler.

— C'était la troisième flûte, indiqua-t-elle. Et, comme tu peux le voir, je ne suis pas du tout ivre…

Il sourit, n'ayant aucun mal à reconnaître les signes qui contredisaient cette assertion. Les joues d'Asher étaient légèrement empourprées, ses yeux brillaient plus que d'ordinaire et un grand sourire illuminait son visage.

Il savait déjà que, lorsqu'ils feraient l'amour, elle serait plus désinhibée et plus passionnée encore et que rien ne pourrait arrêter le cours de leur étreinte. Aussi se garda-t-il de la toucher, préférant prolonger encore un peu ce moment d'intimité retrouvée.

— Tu en veux une autre ? suggéra-t-il.

— Pourquoi pas ?

Tyler se garda de lui servir plus d'une demi-coupe.

— J'ai entendu l'interview que tu as accordée

ce matin, remarqua-t-il. Elle passait à la télévision pendant que j'étais en train de m'habiller.

— Et qu'en as-tu pensé ?

— Pas grand-chose. Tu parlais en français… Qu'est-ce que tu racontais, au juste ?

— Eh bien, le journaliste me demandait si ma retraite temporaire avait modifié mon style de jeu. Je lui ai répondu que j'en avais profité pour améliorer mon service. Je me suis bien gardée de lui avouer que mes jambes n'étaient plus ce qu'elles étaient et que je me sentais épuisée au bout de deux sets. Il a dû le sentir, pourtant, parce qu'il m'a demandé si je n'étais pas inquiète à l'idée de me retrouver face à une joueuse plus jeune que moi en finale. J'ai résisté à l'envie de lui assener un coup de poing en pleine figure.

— Voilà qui était fort diplomatique de ta part, concéda malicieusement Tyler.

— C'est tout moi, ça ! s'exclama Asher en riant. Une parfaite diplomate…

Tyler estima qu'elle avait un peu trop bu et jugea préférable de lui ôter sa flûte.

— Tu m'as volé mon verre ! protesta-t-elle.

— Exact.

— Est-ce que ça veut dire que le repas est fini ? demanda-t-elle en entourant son cou de ses bras.

— Absolument, acquiesça-t-il.

— Qu'est-ce que nous allons bien pouvoir

faire pour tuer le temps ? lui demanda-t-elle en lui mordillant affectueusement la lèvre inférieure.

— Aucune idée…

— Tu as un jeu de cartes ?

— Malheureusement, non.

— Bon, dans ce cas, il ne nous reste plus qu'à faire l'amour, soupira-t-elle d'un air faussement résigné. Cela devrait nous occuper une bonne partie de la nuit.

— Je suis partant, acquiesça Tyler en riant.

Il l'embrassa et elle répondit à ce baiser avec passion. Les mains de Tyler se posèrent alors sur ses seins, lui arrachant un frisson de désir. Il laissa courir ses doigts sur son corps brûlant et offert à ses caresses et elle lui ôta sa robe de chambre pour pouvoir lui rendre la pareille. Enlacés, ils basculèrent sur le grand lit aux draps défaits.

# *Chapitre 7*

Asher avait peur de revenir à Londres. C'était là que lady Wickerton avait vécu, là qu'elle avait fréquenté l'opéra, les théâtres de Drury Lane, les magasins du West End et tout ce que la ville comptait de personnalités éminentes. Elle avait joué au bridge avec les membres du Parlement et avait pris le thé au palais de Buckingham. Elle avait mené la vie sage et rangée qui seyait à la femme d'un lord anglais et avait failli en mourir d'ennui.

Peut-être en aurait-il été autrement si elle n'avait pas rencontré Tyler Starbuck avant de faire la connaissance d'Eric Wickerton. Peut-être aurait-elle pu alors accepter ce rôle qu'il lui avait imposé. Mais la passion que Tyler avait éveillée en elle ne pouvait se contenter d'une telle existence. Il lui avait laissé entrevoir ce qu'elle pouvait gagner en suivant son instinct, en laissant parler ses envies. Il lui avait fait découvrir un monde jusqu'alors inconnu.

A Londres, elle se trouverait confrontée au souvenir des mois qui avaient suivi sa fuite, au fantôme de la femme qu'elle avait fait semblant d'être, à ce monde dans lequel elle avait vainement tenté de se fondre. Et même la perspective de disputer le prestigieux tournoi de Wimbledon ne suffisait pas complètement à lui faire oublier cette étrange parenthèse de sa vie.

Elle s'était préparée à répondre aux multiples questions que les journalistes ne manqueraient pas de lui poser. Elle avait décidé de se montrer aussi vague et distante que possible et de ne révéler que le strict nécessaire. Elle refuserait notamment de discuter de son mariage ou des raisons qui l'avaient poussée à demander le divorce.

Quels que puissent être ses griefs à l'égard d'Eric, elle lui devait au moins cela.

Elle avait donc décidé de se concentrer exclusivement sur le tennis. Forte de deux victoires en tournoi, elle apparaîtrait comme l'une des favorites. Tant qu'elle offrirait au public et aux commentateurs un spectacle de qualité, ils s'intéresseraient plus à ses exploits qu'à sa vie privée. Et ils éviteraient peut-être ainsi de s'intéresser à sa liaison renaissante avec Tyler.

Celle-ci était encore beaucoup trop récente pour qu'elle puisse l'afficher ouvertement. Mais elle éveillait en elle une joie profonde qui ne la quittait plus. Leurs conversations complices, leurs promenades romantiques et leurs torrides nuits d'amour l'emplissaient d'un bonheur qu'elle avait cru à jamais perdu.

Ils continuaient à prendre des chambres séparées, mais passaient ensemble la majeure partie de leur temps libre. Et si Asher avait longtemps aspiré à la stabilité et à l'assurance d'un engagement, elle se satisfaisait à présent de cette vie un peu bohème. Le naturel et la spontanéité de Tyler étaient contagieux et elle était bien décidée à prendre la vie du bon côté et à apprécier sa nouvelle existence tant qu'elle durerait.

— Tu en mets un temps pour t'habiller ! s'exclama Tyler, la tirant brusquement de ses pensées.

Elle se tourna vers lui et admira sa silhouette athlétique qui se découpait dans l'encadrement de la porte de sa suite. Il était déjà prêt et l'attendait avec une pointe d'impatience. Ses cheveux, encore humides de la douche qu'il venait de prendre, étaient légèrement ébouriffés et elle fut tentée d'y plonger ses doigts.

— Désolée, répondit-elle en souriant. Je ne suis pas aussi rapide que toi. Surtout lorsque je n'ai dormi que six heures…

— Je te rappelle que c'est toi qui m'as réveillé en pleine nuit pour satisfaire tes bas instincts, remarqua-t-il avec une pointe de malice.

Cela ne semblait pas l'avoir affecté, songea Asher. Il paraissait aussi reposé et débordant d'énergie que s'il avait dormi douze heures d'affilée.

— Tu n'auras qu'à t'accorder une petite sieste après l'entraînement, suggéra-t-il.

— Ton enthousiasme matinal me donne la nausée, soupira-t-elle. Est-ce le fait d'avoir battu ce gamin en quarts de finale qui te rend si allègre ?

— Toi, on peut dire que tu n'es pas du matin ! s'exclama Tyler d'un air narquois.

— Et toi, tu es vraiment devenu insupportable depuis que tu as remporté Roland-Garros. Je te rappelle que ce tournoi ne constitue que la première étape du grand chelem.

— C'est valable pour toi aussi, tu sais.

— Peut-être. Mais la terre battue est derrière moi. Désormais, il n'y a plus que de l'herbe et des surfaces rapides, ce qui me donne un avantage.

— Mon Dieu ! Cette femme est insatiable ! soupira Tyler d'un ton tragique.

Il se jeta alors sur elle, la renversant sur le lit au bord duquel elle était assise.

— Tyler, arrête ! s'écria-t-elle en riant. Nous allons être en retard.

— Tu as raison, reconnut-il en s'écartant à contrecœur.

— Il ne t'en faut pas beaucoup pour renoncer, constata Asher, moqueuse.

Incapable de résister à cette provocation, Tyler la reprit dans ses bras et l'embrassa longuement. Il y avait dans ce baiser une tendresse qui menaçait à chaque instant de se transformer en passion brûlante. Et il savait que s'il se prolongeait, tous deux finiraient par y céder. A regret, il s'éloigna donc une fois de plus.

— Est-ce que tu es enfin réveillée ? demanda-t-il à Asher.

— Complètement, répondit-elle en le dévorant des yeux.

— Bien, alors on y va ! s'exclama-t-il en se redressant brusquement.

Il l'aida à se mettre debout et elle le fusilla du regard.

— Tu me le paieras, promit-elle, luttant contre le mélange de désir et de frustration qu'il avait éveillé en elle.

— Je l'espère bien, rétorqua-t-il en riant.

Il passa un bras autour de ses épaules et l'entraîna vers la porte de la chambre.

— Ce matin, nous allons travailler sur tes volées de revers, déclara-t-il.

— Qu'est-ce que tu leur reproches, exactement ? demanda-t-elle en fronçant les sourcils.

— Tu prends trop d'élan, ce qui laisse à ton adversaire le temps d'anticiper la direction de la balle.

— Dis donc, au lieu de donner ce genre de conseils, tu ferais bien de t'occuper de ton propre jeu ! On ne peut pas dire que tu étais très rapide, hier…

— Je me réservais pour la finale, répliqua Tyler sans se démonter.

— Je constate avec soulagement que ton arrogance n'a pas faibli au moins.

En riant, ils dévalèrent l'escalier qui menait au hall de l'hôtel.

Deux heures plus tard, après s'être entraînée en compagnie de Tyler, Asher disputa un match amical contre Madge. Tandis qu'elles se dirigeaient vers le vestiaire après une partie acharnée, celle-ci observa attentivement la jeune femme et sourit.

— Tu as l'air d'être sur un petit nuage, observa-t-elle avec une pointe d'amusement.

— Cela se voit donc tant que cela ? demanda Asher en rougissant légèrement.

— Oui. J'en suis ravie pour toi, d'ailleurs. J'ai toujours pensé que Tyler et toi formiez un couple magnifique. Est-ce que vous comptez officialiser la chose ?

— Pas encore, répondit Asher. Pour le moment, nous préférons nous laisser un peu de temps. La presse sera au courant bien assez vite.

— Mais c'est vraiment sérieux, n'est-ce pas ?

— Je crois.

— Est-ce que vous avez parlé de mariage ?

Asher jeta un regard étonné à son amie.

— Bien sûr que non, répondit-elle. Il est beaucoup trop tôt pour cela…

— Mais tu y as pensé ?

— Je ne suis plus aussi sûre que le mariage soit une fin en soi, soupira Asher.

— C'était pourtant quelque chose de très important à tes yeux, remarqua Madge. Dans le cas contraire, tu ne serais pas restée pendant trois ans avec un homme qui ne te rendait pas heureuse…

— Je me demande aujourd'hui pourquoi je l'ai fait, répondit tristement Asher.

— Parce que le mariage est une promesse et que tu tiens toujours les tiennes, répondit Madge. Et ce n'est pas parce que tu as commis une erreur que tu dois renoncer à être heureuse aujourd'hui.

— Mais je le suis, protesta Asher. Etre avec Tyler me rend heureuse. Il est l'homme dont j'ai toujours rêvé.

— C'est pourtant toi qui l'as quitté, il y a trois ans, objecta Madge.

— Je l'avais perdu bien avant cela.

— Je ne comprends pas…

— N'en parlons plus, déclara Asher. Aujourd'hui est un autre jour et nous avons pris un nouveau départ. Je sais que j'ai commis des erreurs par le passé et je suis décidée à ne pas les renouveler. Je pensais que je devais forcément être plus importante pour Tyler que le tennis ou que sa famille, mais je me trompais.

— Voilà qui est intéressant, observa Madge. A une époque, je pensais que le travail de mon mari comptait plus à ses yeux que notre relation.

Lorsque j'en ai finalement discuté avec lui, il m'a affirmé que je me trompais. En revanche, il était convaincu que la réciproque était vraie…

— Je crois que les choses sont un peu différentes dans le cas de Tyler, remarqua Asher. Le tennis n'est pas seulement un métier ou une passion pour lui. Ce sport a changé sa vie. Sans lui, il vivrait toujours dans ce quartier pauvre de Chicago. Il ne peut pas l'oublier. Il ne le veut pas. Et je crois qu'il a raison. C'est en partie cette certitude qui lui donne une telle rage de vaincre…

— Et qu'est-ce qui te motive, toi ? demanda Madge, curieuse.

— La peur, répondit Asher sans hésiter. La peur de perdre ou de réaliser que je ne suis pas à la hauteur.

Elle haussa les épaules comme si cette révélation n'avait pas vraiment d'importance. Mais Madge comprit que cette angoisse dépassait de très loin le cadre sportif. Elle était un élément constitutif de la personnalité d'Asher et expliquait certainement en partie ce qui s'était passé entre Tyler et elle, autrefois.

Mais elle ignorait ce qui pouvait bien être à l'origine d'une telle peur.

Asher dormait d'un sommeil sans rêves. Quelques rayons de soleil filtraient à travers les rideaux entrouverts de sa chambre d'hôtel. Malgré les doubles vitrages des fenêtres, on entendait le bourdonnement continu de la circulation qu'interrompait parfois un coup de Klaxon.

Mais rien de tout ceci ne paraissait déranger la belle endormie. Tyler avait promis de passer la chercher en début de soirée et tous deux pensaient profiter de la fin de cette belle journée pour se promener en amoureux. Ils rentreraient ensuite à l'hôtel pour se reposer avant la dure journée qui les attendait le lendemain.

Quelqu'un frappa à la porte avec insistance et la jeune femme finit par émerger de son sommeil. Légèrement désorientée, elle passa la main dans ses cheveux en bataille et se redressa sur son lit. Puis elle se rappela que Tyler devait passer la prendre et un large sourire se dessina sur ses lèvres.

A grands pas, elle traversa la suite et alla ouvrir la porte. Là, elle se figea brusquement en découvrant l'identité de son visiteur.

— Eric, murmura-t-elle, le cœur battant à tout rompre.

— Bonjour, Asher, fit-il en pénétrant dans sa chambre sans prendre la peine de lui en demander l'autorisation. Est-ce que je te réveille ?

— Je faisais la sieste, répondit-elle en refermant la porte.

Elle avait du mal à se remettre du choc qu'elle venait d'éprouver. Eric n'avait pas changé. Son allure légèrement martiale soulignait sa haute taille. Son visage patricien aux traits parfaitement découpés arborait toujours la même expression légèrement hautaine et distante. Ses yeux clairs brillaient d'une intelligence froide et acérée.

Le costume sombre qu'il arborait trahissait le souci qu'il apportait à son apparence. Ses cheveux blond foncé étaient coupés court. Son aspect général dénotait un homme riche, aristocratique et légèrement conservateur. Et le simple fait de poser les yeux sur lui rappelait à Asher l'existence qu'elle avait passée à ses côtés.

— Je ne m'attendais pas à te voir, remarqua-t-elle sur un ton parfaitement neutre.

— Vraiment ? fit-il avec un sourire dénué de chaleur. Pensais-tu que je me contenterais d'ignorer ton passage à Londres ?

Elle ne répondit pas et un silence pesant s'installa entre eux.

— Tu as minci, observa Eric pour le dissiper.

— J'ai repris la compétition… Mais je t'en prie, assieds-toi. Est-ce que je peux te servir quelque chose à boire ?

Elle ne tenait pas vraiment à ce qu'il s'attarde, mais estimait devoir faire preuve d'un minimum de correction à son égard. Après tout, ce n'est pas parce qu'ils avaient divorcé qu'ils étaient forcés de se conduire en ennemis. Et Eric était suffisamment intelligent pour faire la part des choses…

— Je veux bien un whisky, si tu en as.

Asher hocha la tête et alla chercher l'une des petites bouteilles qui se trouvaient dans le minibar. Elle-même se servit un Perrier.

— Comment vas-tu ? lui demanda-t-elle en lui tendant son verre.

— Très bien, merci.

— Et ta famille ?

— Tous se portent à merveille. Comment va ton père, à propos ?

— Bien, autant que je sache, répondit-elle en s'efforçant de dissimuler la douleur que cette question éveillait en elle.

— Il ne t'a toujours pas pardonné d'avoir renoncé au tennis ?

— Non, répondit-elle.

— Je me disais pourtant qu'étant donné les circonstances, vous vous seriez peut-être réconciliés.

— Je ne pense pas que cela se produise un jour, répondit tristement Asher. Il refuse toujours de me parler. J'ai payé chacune de mes erreurs au prix fort, Eric. Es-tu venu ici pour me le rappeler ?

— Pas du tout. Je suis venu voir comment mon ex-femme s'acclimatait à sa nouvelle vie. J'ai appris que tu accumulais les victoires, ces derniers temps…

Il parcourut la pièce des yeux et avisa le pull-over que Tyler avait laissé la veille au soir.

— J'ai cru comprendre aussi que ce n'était pas la seule habitude que tu avais reprise, ajouta Eric.

Apparemment, il ne t'a pas fallu longtemps pour renouer avec ton ancien amant…

— Ma seule erreur a été de le quitter, déclara posément Asher. Nous le savons tous les deux.

— Je pense plutôt que ton erreur a été de vouloir faire de moi le père de ton bâtard, répondit-il durement.

Asher ne put réprimer un frisson de colère et de dégoût mêlés.

— Je ne t'ai jamais menti à ce sujet, déclara-t-elle vivement. Et je me suis déjà excusée plus que je ne l'aurais dû !

Eric fit pensivement tourner son whisky dans son verre.

— Est-ce qu'il est au courant ? demanda-t-il enfin.

Asher pâlit brusquement. Avisant ce changement d'expression, Eric sourit.

— On dirait que non, fit-il. Comme c'est intéressant…

— Tu m'avais promis que tu garderais le secret, lui rappela Asher d'une voix blanche. J'ai accepté de renoncer à ma carrière pour cela. Et tant que j'ai été ton épouse, j'ai toujours fait tout ce que tu me demandais…

Eric hocha la tête.

— Mais nous ne sommes plus mariés, remarqua-t-il.

— Nous avons divorcé d'un commun accord,

parce que ce mariage ne nous satisfaisait plus ni l'un ni l'autre.

— De quoi as-tu donc si peur ? demanda Eric. Qu'il perde son sang-froid ? Je crois effectivement me souvenir que c'était quelqu'un de très sanguin… Crois-tu qu'il lèverait la main sur toi ?

— Non, répondit Asher avec assurance.

— Alors qu'est-ce que tu redoutes tant ?

— Qu'il ne me pardonne pas plus que toi, répondit-elle honnêtement. J'ai perdu beaucoup de choses : mon enfant, mon père, ma carrière, ma fierté… Je ne veux pas le perdre, lui aussi.

— Je vois.

— Promets-moi de ne rien lui dire.

— Je ne te promettrai rien, Asher.

— Pourquoi, Eric ? lui demanda-t-elle, partagée entre la colère et le désespoir. Ne crois-tu pas que j'ai payé assez cher ?

— Je ne sais pas.

— Comment ai-je pu croire un seul instant que tu étais quelqu'un de généreux ? murmura-t-elle,

— Je suis quelqu'un de juste, rétorqua durement Eric.

— La vengeance n'a rien à voir avec la justice, objecta-t-elle.

— Je suppose que c'est une question de point de vue…

Asher serra les dents. Elle ne voulait pas lui donner la satisfaction de la voir céder devant ses menaces. Il était hors de question pour elle de pleurer ou de supplier.

— Si tu as dit tout ce que tu avais à dire, je ne te retiens pas, lui dit-elle froidement.

— Très bien, répondit Eric avant de vider son verre. Désolé d'avoir interrompu ta sieste, ajouta-t-il avec une parfaite mauvaise foi.

Il se leva et se dirigea vers la porte. Lorsqu'il l'ouvrit, il eut la surprise de se retrouver nez à nez avec Tyler. Le sourire mauvais qui se dessina sur ses lèvres n'échappa pas à ce dernier. Se tournant vers Asher, il vit que celle-ci les contemplait en silence.

Son visage était très pâle et, dans ses yeux, on lisait une profonde angoisse. Il réalisa alors que ses cheveux étaient décoiffés et qu'elle portait seulement un long T-shirt sous lequel elle devait être nue. Un brusque accès de jalousie et de colère s'empara de lui et, lorsqu'il se tourna de nouveau vers Eric, son regard arborait une lueur meurtrière.

— Qu'est-ce que vous faites là ? lui demanda-t-il.

— Je laisse à Asher le soin de vous l'expliquer, répondit Eric.

Sur ce, il s'éloigna à grands pas.

Tyler pénétra dans la chambre et referma doucement la porte derrière lui. Son expression était sombre et, pendant ce qui parut à Asher une éternité, il se contenta de la regarder en silence.

Elle s'efforça vainement de réprimer la nervosité qui l'avait envahie.

— Qu'est-ce qu'il voulait ? demanda enfin Tyler.

— Il est juste passé me souhaiter bonne chance, mentit-elle.

— C'était vraiment très attentionné de sa part… Est-ce que tu reçois toujours les gens dans cette tenue ?

— Tyler, je t'en prie…

— Que crois-tu que je ressente, Asher ? Je viens de te trouver à moitié nue en compagnie d'un homme pour lequel tu m'as déjà quitté une fois.

— Tu sais qu'il n'y a plus rien entre nous, protesta-t-elle.

— Vraiment ? Et comment en aurais-je la certitude ? La dernière fois, j'étais convaincu que tu étais heureuse avec moi. Et mal m'en a pris…

— Ecoute, je ne savais même pas qu'il devait venir, plaida Asher d'une voix suppliante. S'il avait appelé, je lui aurais demandé de ne pas le faire.

— Pourtant, tu l'as laissé entrer, objecta Tyler.

— Que pouvais-je faire d'autre ? Lui claquer la porte au nez ?

— Pourquoi pas ?

— Parce que ce n'est pas comme cela que l'on résout les problèmes, répliqua-t-elle. Parce que je suis quelqu'un de poli. Je l'ai invité à entrer, je lui ai offert un verre et nous avons discuté cinq minutes. Je ne peux pas t'obliger à le croire mais c'est la vérité.

— Est-ce qu'il voulait que tu reviennes vivre avec lui ? demanda Tyler. Est-ce que c'est pour cela qu'il est venu ?

— Même si tel était le cas, qu'est-ce que cela changerait ? répliqua-t-elle. Ce qui compte, c'est que moi, je ne le veux pas.

— Alors pourquoi l'as-tu épousé ? la pressa Tyler. Il est temps que tu me l'expliques une fois pour toutes !

— Parce que je pensais que c'était l'homme qu'il me fallait, répondit Asher, partagée entre la colère et le désespoir. Mais je me trompais. Et, crois-moi, je l'ai payé très cher. Pendant trois ans, j'ai été malheureuse. Je me sentais piégée et j'avais perdu tout ce qui comptait à mes yeux : mon père, le tennis et toi. Est-ce que cela te satisfait ?

Tyler ne répondit pas. De grosses larmes roulaient sur le visage d'Asher. Or c'était la première fois qu'il la voyait pleurer. Jamais il n'avait lu sur ce beau visage une expression aussi tourmentée. Puis, brusquement, elle se détourna de lui et courut s'enfermer dans la chambre à coucher.

Pris de court, incapable de réagir, Tyler contempla longuement la porte close derrière laquelle elle avait trouvé refuge. Il l'entendait sangloter de façon convulsive et se sentait complètement désemparé.

La colère qu'il avait éprouvée en se retrouvant face à Eric Wickerton ne lui paraissait pas déplacée.

Mais il ne s'était pas attendu à ce qu'Asher y réponde par des larmes. La souffrance qu'il avait lue dans ses yeux l'avait également stupéfait. Chez une femme qui avait l'habitude de dominer la moindre de ses émotions, de ne jamais trahir ses accès de faiblesse, une telle réaction révélait un profond désarroi.

Tyler se demanda si c'était Eric ou lui-même qui en était responsable. Une chose était certaine : le moment n'était pas aux questions et aux interrogations mais à l'apaisement. Ravalant sa colère, il ouvrit donc la porte de la chambre et y pénétra.

Asher était allongée sur son lit, le corps secoué de sanglots. Sans dire un mot, Tyler traversa la pièce et vint s'allonger à son côté. Lorsqu'il la prit dans ses bras, elle fit mine de se dégager, mais il ne la laissa pas faire. Tendrement, il la serra contre lui.

Elle céda alors à sa douceur et nicha son visage au creux de son épaule. Il la laissa pleurer tout son soûl, se contentant de caresser ses cheveux jusqu'à ce qu'elle s'endorme, brisée par l'intensité de ses propres émotions.

Dans son rêve, Asher était de retour à l'hôpital.

Elle se rappelait distinctement son cri, sa chute et les ténèbres qui l'avaient engloutie. Elle se rappelait aussi la panique qui s'était emparée d'elle lorsqu'elle avait ouvert les yeux. Eric était penché sur elle et la contemplait froidement.

— Le bébé, articula-t-elle faiblement.

— Il est mort, répondit Eric sans la moindre trace de sollicitude.

Un chagrin immense balaya la souffrance de la jeune femme.

— Non, murmura-t-elle, incapable d'admettre la réalité de ce qui venait de se passer. Pas mon bébé…

— Ecoute-moi bien, Asher, l'interrompit Eric d'une voix glacée. Ton enfant est mort. Tu te trouves actuellement dans une clinique privée. La presse ignore ce qui t'est arrivé. Ni mes domestiques ni le personnel de la clinique ne parleront aux journalistes. Nous n'aurons qu'à dire que nous nous sommes accordé quelques jours d'intimité.

— Est-ce que Tyler est au courant ? articula la jeune femme.

— Bien sûr que non ! s'exclama Eric avec une pointe d'agacement. Tu ne pensais tout de même pas que je l'avais appelé pour lui dire que ma femme venait de perdre son bâtard ?

Le mot fit à Asher l'effet d'une gifle. Mais elle se sentait trop faible pour protester.

— Maintenant, tu vas faire exactement ce que je te dis, reprit Eric. En sortant de la clinique, tu annonceras que tu comptes mettre un terme à ta carrière pour te consacrer à ta vie de couple. Je ne tiens pas à ce que la presse à scandale continue à spéculer sur la nature de tes relations avec Starbuck. Tu es lady Wickerton et j'entends que tu te conduises en tant que telle. Evidemment, notre mariage ne sera qu'une façade. Mais si tu refuses de jouer le jeu, je contacterai ton amant et je lui expliquerai la façon dont tu as trahi notre confiance et dont tu nous as manipulés tous les deux.

Asher ne protesta pas. Qu'aurait-elle pu dire, de toute façon ? Elle avait accumulé les erreurs et était prête à en payer le prix. Quoi qu'il arrive, il ne lui restait plus rien à perdre, à présent…

— Je veux ta parole, insista Eric.

— Tu l'as, répondit-elle d'une voix brisée. Maintenant, laisse-moi tranquille.

Asher ouvrit les yeux.

Les images de son rêve flottaient encore dans son esprit. Jamais elle n'aurait dû accepter le marché de dupe que lui avait imposé Eric, ce jour-là.

Pourtant, elle l'avait fait. Elle avait tenu parole et s'était retirée de la compétition. Son père s'était alors détourné d'elle. Elle avait mené la vie respectable d'une lady anglaise, feignant d'ignorer les multiples liaisons qu'il entretenait.

Pendant trois ans, elle n'avait été que l'ombre d'elle-même, brisée par la perte de son enfant et de l'homme qu'elle avait aimé. Puis, lentement, elle avait émergé de cette torpeur psychologique et morale.

Elle avait réalisé l'injustice profonde dont Eric avait fait preuve à son égard. En acceptant de se plier à ses exigences, elle avait tout perdu, y compris la seule chose à laquelle elle aurait encore pu se raccrocher : sa carrière.

Finalement, elle avait trouvé le courage d'affronter Eric et l'avait menacé de révéler à la presse ses multiples infidélités. A contrecœur, il avait accepté le divorce pour sauvegarder sa précieuse réputation. Elle s'était crue libre, alors, de commencer une nouvelle vie, de prendre un nouveau départ.

Mais Eric paraissait bien décidé à lui faire payer chèrement le chantage qu'elle lui avait imposé. Peut-être était-il agacé par sa réussite ou par le fait qu'elle ait renoué avec Tyler. Pourtant, elle ne pensait pas qu'il trahirait son secret. Car, en révélant l'existence de ce bébé, il perdrait toute emprise sur elle.

Tyler tenait toujours Asher dans ses bras. Il savait qu'elle était réveillée, mais n'osait interrompre le cours de ses pensées. Quels mystères cachait donc cette crise de larmes inattendue ? Et combien de temps encore refuserait-elle de les partager avec lui ?

Ces questions le hantaient et il brûlait de les formuler à haute voix. Mais il ne voulait pas profiter de ce moment de vulnérabilité pour lui arracher des réponses. S'il le faisait, elle s'en voudrait sans doute énormément et risquerait alors de mettre fin à leur liaison. Et il n'était pas certain de pouvoir supporter un nouvel abandon…

— Ça va mieux ? lui demanda-t-il enfin.

Elle poussa un profond soupir et hocha la tête.

— Tyler, je veux que tu saches une chose, articula-t-elle enfin d'une voix vibrante d'émotion. Eric ne représente plus rien pour moi.

— J'aimerais pouvoir le croire, soupira-t-il.

— Tu le peux, répondit-elle en s'écartant légèrement de lui pour le regarder droit dans les yeux. Je n'éprouve plus rien pour lui. Pas même de la haine. Ce mariage était une erreur. Depuis le début, j'aurais dû comprendre qu'il ne résoudrait rien…

— Mais qu'y avait-il à résoudre ? demanda gravement Tyler.

— Ce n'est pas cela qui compte, déclara-t-elle. La seule chose qui est importante, c'est que je t'ai toujours aimé. Depuis le début, il n'y a jamais eu que toi. Au cours des trois années que j'ai passées auprès d'Eric, je n'étais plus que l'ombre de moi-même. Mais je veux vivre de nouveau. Et je ne peux le faire sans toi…

Comme pour le lui prouver, elle déposa sur ses lèvres un baiser ardent, impérieux, qui disait mieux que des mots le besoin qu'elle avait de lui. Incapable d'y résister, Tyler s'abandonna à cette étreinte passionnée. Le temps des questions viendrait plus tard…

# *Chapitre 8*

Dans la limousine qui la conduisait à Wimbledon, Asher observait le paysage typiquement anglais qui défilait à la fenêtre. De petites maisons en brique entourées de jardins bien entretenus se succédaient avec une monotonie confortable et rassurante. Il émanait de ce décor une sensation de tranquillité et de calme immuable.

Mais, dans quelques heures, elle serait sur le court et devrait livrer une bataille sans merci pour remporter encore l'un des prestigieux trophées du grand chelem. La dernière fois qu'elle y était parvenue, c'était peu de temps avant qu'elle ne se sépare de Tyler.

Et elle réalisait à présent que, si son triomphe à Rome avait scellé son retour officiel dans la compétition, la victoire qu'elle parviendrait peut-être à arracher aujourd'hui serait bien plus importante encore. Elle symboliserait sa revanche sur son propre passé.

Elle était en Angleterre, dans le pays où elle avait passé trois ans de captivité volontaire, sur les terres de l'homme qui avait failli avoir raison de sa carrière, de sa combativité et de ses ambitions. Si elle l'emportait ce jour-là, elle redeviendrait définitivement Asher Wolfe. Lady Wickerton ne serait plus qu'un souvenir désagréable, un épisode révolu de son existence.

Lorsqu'elle arriva enfin au stade, Asher fut accueillie triomphalement par les spectateurs. Elle signa des dizaines d'autographes et fut photographiée sous tous les angles. Elle se sentait légère et confiante et avait hâte de commencer à jouer.

Wimbledon n'avait pas changé. Au cours du cocktail organisé en l'honneur des joueurs, ceux-ci se mêlaient aux personnalités, aux journalistes et aux fans sans aucune distinction. Asher reconnut plusieurs visages familiers. Il y avait les champions qualifiés pour les finales en simple et en double, bien sûr, mais aussi d'autres tennismen de tous âges et de toutes origines.

Parmi eux, Asher remarqua plusieurs vétérans de la génération de son père. Elle avisa aussi des personnes qu'elle avait rencontrées lorsqu'elle était encore lady Wickerton. La plupart d'entre elles firent preuve d'une diplomatie toute britannique, la félicitant pour son grand retour et évitant toute allusion à son mariage.

Evidemment, cette politesse sourcilleuse cachait mal leur curiosité dévorante. Mais Asher parvint à se montrer parfaitement cordiale tout en évitant habilement les chausse-trappes et les questions embarrassantes. Avec une pointe d'ironie, elle en vint même à songer que ces trois années de mondanités n'avaient peut-être pas été complètement inutiles.

En revanche, elle eut beaucoup plus de mal à faire illusion face à Stretch McBride, l'un des plus vieux amis de son père. Lorsqu'elle avait fait sa connaissance, il était âgé d'à peine une trentaine d'années. C'était un champion accompli qui avait remporté à deux reprises au moins la plupart des tournois du circuit.

Vingt ans plus tard, il était toujours aussi mince et aussi vif, mais ses cheveux étaient gris et son visage se creusait de rides profondes qui trahissaient sa bonne humeur caractéristique.

— Où est ce vieux brigand de Jim ? lui demanda-t-il après l'avoir affectueusement serrée dans ses bras.

— Aux Etats-Unis, éluda Asher. Comment vas-tu ?

— Très bien. J'ai ouvert une chaîne de magasins sur la côte Est et les affaires marchent fort. Et mes cinq petits-enfants se chargent d'occuper mon temps libre. Mais comment se fait-il que Jim ne soit pas là ? Je ne crois pas qu'il ait raté une seule édition de Wimbledon au cours de ces quarante dernières années.

Asher s'efforça de dissimuler la tristesse que cette remarque anodine faisait naître en elle.

— Cette année sera l'exception qui confirme la règle, répondit-elle d'une voix qui se voulait légère. En tout cas, je suis vraiment contente de te revoir ! Je n'ai pas oublié que c'est toi qui m'as appris les amortis.

— Fais-en bon usage contre Maria, lui conseilla-t-il. Et tâche de gagner ! Les Anglais détestent que les Américains remportent Wimbledon et c'est toujours très amusant à voir... Bon, je ne vais pas te retenir, tu dois avoir mieux à faire que de parler avec un vieux croûton comme moi. Dis bonjour à ton père de ma part lorsque tu le verras, d'accord ?

— Prends soin de toi, répondit Asher qui se refusait à faire une promesse qu'elle ne pourrait tenir.

Elle l'embrassa sur les deux joues avant de s'éloigner. Comme elle se dirigeait vers le buffet pour se servir un jus de fruits, elle se retrouva nez à nez avec Daphné Evans. La jolie brune avait été l'une des maîtresses d'Eric, et Asher avait toujours été convaincue qu'elle lui en voulait d'avoir épousé un homme qu'elle avait de tout temps convoité.

— Bonjour, Daphné, fit-elle d'une voix aussi cordiale que possible.

La jeune femme se fendit d'un sourire parfaitement artificiel avant d'observer Asher de la tête aux pieds.

— Tu parais vraiment très différente dans cette

tenue, remarqua-t-elle. J'ai du mal à imaginer que tu puisses être la même personne…

— Je ne le suis plus, répondit Asher. Mais, dis-moi, comment se porte ton mari ?

— Miles est en Espagne pour affaires, répondit Daphné en haussant les épaules. Heureusement, Eric a accepté de me servir de cavalier pour la journée.

— Il est ici ? demanda Asher en s'efforçant de maîtriser les frissons irrépressibles qui la parcouraient.

— Bien sûr ! s'exclama Daphné. Tu sais combien il aime le tennis. Il n'aurait raté cette finale pour rien au monde… Est-ce que nous aurons le plaisir de te voir au bal ?

— Certainement, répondit Asher.

— Tant mieux. Bon, je ne vais pas te retenir. Je suis certaine que tu as des tas de gens à saluer. Bonne chance, Asher.

Sur ce, elle tourna les talons et disparut dans la foule. Asher combattit la nausée qui s'était emparée d'elle et se fraya un chemin en direction des vestiaires. Elle avait besoin de calme et de solitude pour reprendre le contrôle de ses émotions.

Après tout, elle n'aurait pas dû être surprise qu'Eric assiste à cette finale. Comme l'avait souligné Daphné, il aimait effectivement beaucoup le tennis. Mais elle le connaissait suffisamment pour savoir qu'il avait volontairement envoyé sa maîtresse à sa rencontre.

Il voulait lui faire savoir qu'il était là, lui faire sentir l'épée de Damoclès qui était suspendue au-dessus d'elle et affirmer ainsi que c'était lui qui était maître du jeu. A tout moment, il pouvait aborder Tyler et lui révéler toute la vérité. Sur un simple coup de tête, il pouvait briser la vie d'Asher.

Lorsqu'elle atteignit les vestiaires, elle se rendit compte que ses mains tremblaient convulsivement. Or elle ne pouvait se permettre la moindre faiblesse. Dans moins d'une demi-heure, elle serait sur le court et devrait être parfaitement maîtresse d'elle-même.

Les sourcils froncés, Tyler observait attentivement le match. Il ne parvenait pas à comprendre ce qui était en train de se passer sous ses yeux. Jusqu'à aujourd'hui, lors de chacun de ses matchs, Asher avait fait preuve d'une technique irréprochable et d'une rage de vaincre inégalée.

Or ce jour-là, elle paraissait complètement dépassée. Certes, Rayski jouait bien. Mais pas assez pour déstabiliser une compétitrice de la trempe d'Asher. Celle-ci accumulait les erreurs les plus élémentaires, multipliait les doubles fautes et ratait des balles évidentes. Le service de Rayski n'était pas l'un de ses points forts et pourtant, elle avait déjà aligné quatre aces.

On aurait presque pu croire qu'Asher sabotait le jeu et faisait exprès de perdre. Mais Tyler la connaissait trop pour imaginer qu'une telle chose était possible. Asher respectait trop le tennis pour cela.

Il se demanda avec inquiétude si elle ne s'était pas blessée à l'entraînement. Mais elle ne montrait aucun signe de souffrance.

Non, songea-t-il, le problème n'était pas d'ordre physique. Il scruta alors le visage de la jeune femme mais, à son habitude, elle restait parfaitement imperturbable, ne trahissant rien des émotions qui l'habitaient. Au changement de service, il surprit pourtant le regard nerveux qu'elle jeta en direction du public.

Relevant les yeux, il chercha qui était susceptible de la mettre dans un tel état. La tribune d'honneur était emplie de monde. Tyler reconnut plusieurs joueurs, quelques acteurs, une danseuse qu'il avait vue à l'opéra lorsqu'il y avait emmené Asher et même le chanteur de l'un de ses groupes de rock préférés.

Puis, brusquement, il repéra un visage désagréablement familier. Eric Wickerton se trouvait dans la loge réservée à la famille royale. Il observait attentivement son ex-femme et un sourire aussi froid que satisfait se peignait sur ses lèvres. Tyler sentit une colère sourde monter en lui.

— Quel salaud, murmura-t-il en faisant mine de se lever.

— Qu'est-ce que tu fais ? lui demanda Madge en le retenant par le poignet.

— Ce que j'aurais dû faire, il y a trois ans.

Madge suivit son regard et avisa la présence d'Eric dans les gradins. Aussitôt, elle comprit ce qui était en train de se passer.

— Tyler, fit-elle d'une voix pressante, je t'assure que ce n'est pas en lui cassant la figure que tu aideras Asher.

— Au contraire, répondit-il. Tu sais comme moi que c'est sa présence qui la met dans cet état.

— C'est vrai, acquiesça son amie. Et si tu veux te battre avec Eric, ce n'est pas moi qui t'en empêcherai. Mais fais-le après le match. Pour le moment, sers-toi de ta tête, d'accord ?

Tyler réfléchit à ce qu'elle venait de lui dire et fut bien forcé de reconnaître qu'elle avait raison. Le voir infliger une correction à son ex-mari ne ferait sans doute que déstabiliser un peu plus Asher.

— Très bien, soupira-t-il enfin. Je vais voir si je peux faire quelque chose. Mais si cela ne change rien, je me ferai un plaisir de remettre ce salaud à sa place !

— Et tu auras ma bénédiction, promit Madge.

Tyler dévala les tribunes pour s'approcher du bord du terrain. Il devait absolument capter l'attention d'Asher pour tenter de lui redonner confiance.

Elle était en train de regagner sa chaise, le regard abattu, quand elle l'aperçut debout au premier rang. Sous ses sourcils froncés, son regard était d'une intensité incroyable. Plusieurs fois il répéta à son intention ce message silencieux qu'elle comprit sans peine : « Bats-toi, s'il te plaît ! »

— Laisse-moi tranquille, soupira Asher.

A nouveau elle leva la tête vers lui et vit qu'il n'y avait plus la moindre trace de sympathie dans ses yeux.

Impitoyable, les deux poings fermés devant lui, il tentait d'aiguillonner son orgueil, de réveiller sa colère et sa rage de vaincre. Mais il ne lui restait plus que quelques secondes pour y parvenir.

— Ne sabote pas le match ! lâcha-t-il alors.

— Va te faire voir ! dit-elle à voix basse en se dirigeant de nouveau vers la ligne de service.

Ainsi, il la croyait capable de perdre volontairement, se dit-elle en sortant une balle de la poche de sa jupe.

Elle la lança en l'air et la frappa de toutes ses forces, la propulsant tout droit sur la ligne de service adverse. La violence du coup était telle que Rayski n'eut aucune chance de la toucher.

Sans prêter attention à cet ace, Asher changea de côté et prépara son service suivant. La colère qui bouillonnait en elle donnait à ses yeux un éclat presque métallique que plusieurs photographes immortalisèrent. Elle servit de nouveau à une vitesse record mais, cette fois, Rayski avait anticipé la violence du coup.

Asher cueillit son retour avant même qu'il ne touche le sol. L'échange s'engagea, âpre et violent. Asher frappait la balle de toutes ses forces comme pour lui faire payer le mélange de rage et de frustration qui l'avait envahie. Tyler ne comprenait-il pas ce qu'elle ressentait ?

Furieuse, elle volait littéralement sur le court. La haine que lui inspirait Eric et la rancœur qu'elle ressentait à l'égard de Tyler se muaient en une énergie nouvelle. A chaque nouveau coup, elle maudissait intérieurement les deux hommes.

Tyler la contemplait en souriant. Jamais il ne l'avait vue jouer comme cela. Il y avait en elle une sorte de furie guerrière, une colère glacée qui aiguisait ses réflexes, la rendait plus rapide, plus précise encore que d'ordinaire. Elle paraissait ne faire qu'un avec sa raquette, anticipant les frappes de son adversaire, la clouant impitoyablement au fond du court tandis qu'elle-même montait sans relâche à l'attaque.

Il songea brusquement qu'en cet instant, elle jouait exactement comme elle faisait l'amour : sans réfléchir, sans calculer, avec une grâce et une passion totalement instinctives. Chacun de ses mouvements avait quelque chose de sauvage, de félin.

Jetant un coup d'œil en direction des tribunes,

il réalisa qu'Eric ne souriait plus. Comme s'il sentait son regard peser sur lui, l'aristocrate se tourna vers Tyler et les deux hommes se dévisagèrent. Puis Tyler lui décocha un sourire insolent, provocateur, et se détourna pour regagner sa place sur les gradins.

A partir de ce moment, le rapport de force sur le court changea du tout au tout. Rayski continuait à se battre avec acharnement sans jamais parvenir à imposer son rythme à son adversaire. Asher paraissait possédée. Ne reculant devant aucune audace, elle remonta rapidement le retard qu'elle avait pris.

Puis, galvanisée par ce succès, elle creusa rapidement son avantage. Mais sa colère ne tarissait pas. Au contraire, elle ne fit que croître au fil du match. Et si elle se montra tout à fait gracieuse en recevant son trophée, la victoire ne suffit pas à calmer sa rage.

Elle avait envie d'aller trouver Tyler et de lui dire tout le mal qu'elle pensait de lui. Malheureusement, lorsqu'elle ressortit enfin des vestiaires, il se préparait déjà à entrer sur le central pour disputer sa propre finale, retardée d'un jour en raison de la pluie.

Elle fut tentée de ne pas y assister pour lui faire comprendre ce qu'elle pensait de lui, mais finit par succomber à la tentation. Elle ne fut pas déçue par la qualité de sa prestation, d'ailleurs. Pendant les deux heures et demie qui suivirent,

Tyler offrit au public de Wimbledon une véritable leçon de tennis qui se conclut par une victoire parfaitement méritée.

La jeune femme s'éclipsa avant même la fin des ovations qui la saluèrent.

Lorsque Tyler arriva à l'hôtel, il savait parfaitement ce qui l'attendait. A vrai dire, il était même impatient d'en découdre. Ni la douche ni le massage qu'il avait demandés pour soulager ses muscles meurtris n'avaient suffi à le débarrasser de l'excès d'adrénaline.

Wimbledon avait toujours cet effet-là sur lui. C'était le premier tournoi qu'il avait rêvé de remporter et il symbolisait toujours à ses yeux le chemin qu'il avait parcouru depuis la banlieue de Chicago où il suivait sur un vieux poste en noir et blanc les matchs de ses illustres prédécesseurs.

A présent, il se sentait un peu comme un chevalier revenant victorieux de la bataille. Sa bien-aimée l'attendait derrière la porte. Mais elle ne l'accueillerait pas à bras ouverts. Il était même prêt à parier qu'à l'instant même, elle ruminait sa rancœur et passait en revue toutes les façons de lui faire payer ce qu'il avait fait.

Sans même prendre la peine de réprimer le sourire amusé qui se dessinait sur ses lèvres, Tyler pénétra dans sa suite. Asher l'avait apparemment entendu approcher. Elle se tenait au milieu de la pièce, les bras croisés et le regard noir.

— On dirait bien que nous allons ouvrir le bal, ce soir, s'exclama Tyler d'un ton jovial.

— Comment as-tu pu me dire des choses pareilles au beau milieu d'un match ? s'exclama Asher en le fusillant des yeux. Comment oses-tu m'accuser de saboter un match ?

— Ce n'était pas ce que tu étais en train de faire ? demanda Tyler, feignant la surprise.

— Tu sais très bien que non ! J'étais juste en train de perdre.

— Des tribunes, j'avais plutôt l'impression que tu avais jeté l'éponge…

— Je ne jette jamais l'éponge.

— Bizarre, commenta Tyler, il me semblait pourtant que c'était exactement ce que tu avais fait, au cours de ces trois dernières années…

— Ne dis pas ça ! s'exclama-t-elle, furieuse.

Tyler éclata de rire. Il était ravi d'être l'une des rares personnes capables de faire perdre à Asher son sang-froid légendaire.

— En tout cas, je ne pouvais pas te laisser continuer à perdre ! Je n'avais aucune envie d'ouvrir le bal avec Maria.

— Quelle arrogance ! s'exclama-t-elle, furieuse. Franchement, je regrette que Gramaldi ne t'ait pas donné la leçon que tu mérites ! Il est temps que quelqu'un se charge de dégonfler ton ego surdimensionné !

Elle pivota sur elle-même et fit mine de se diriger vers la chambre à coucher. Tyler lui prit le poignet et la retint.

— Tu ne me félicites même pas ?

— Non.

— Allez, Asher ! Juste un petit bisou pour fêter cette double victoire…

Elle lui décocha un coup de poing qu'il évita sans difficulté. La prenant par la taille, il la jeta en travers de son épaule.

— Tu sais que je te trouve très excitante lorsque tu es en colère, lui dit-il tandis qu'elle lui martelait le dos.

Asher s'efforça de ne pas éclater de rire.

— Dans ce cas, tu vas être servi ! répliqua-t-elle en s'efforçant vainement de se dégager.

Il la conduisit dans la chambre et la jeta sur le lit. Evitant habilement ses coups de pied, il s'allongea sur elle. Asher tenta alors de lui donner un coup de genou à l'entrejambe.

— Ce serait contre-productif, protesta-t-il en retenant sa jambe.

— Lâche-moi ! s'exclama-t-elle en tentant de lui échapper.

— Dès que j'en aurai fini avec toi, promit-il en glissant une main sous le chemisier qu'elle portait.

Luttant contre le plaisir que ses caresses éveillaient en elle, Asher le fusilla du regard.

— Je t'interdis de me toucher, lui dit-elle.

— Cela risque d'être difficile si nous voulons faire l'amour, remarqua-t-il d'un air malicieux.

Elle fronça les sourcils, mais il ne fut pas dupe.

— Tu sais que tes yeux deviennent presque mauves, lorsque tu es fâchée, lui dit-il. Ça me plaît beaucoup…

Il déposa un petit baiser sur ses lèvres.

— Pourquoi est-ce que tu ne me cries plus dessus ? lui demanda-t-il, faussement peiné.

— Je n'ai plus rien à te dire, répondit-elle d'un ton hautain. Maintenant, va-t'en.

— Mais nous n'avons pas encore fait l'amour, objecta Tyler.

Il effleura le nez de la jeune femme du bout du sien. Elle détourna la tête.

— Il n'est pas question que nous fassions l'amour, lui dit-elle.

— Tu veux parier ?

D'un geste, il écarta les pans de son chemisier, faisant sauter tous les boutons.

— Tyler ! protesta-t-elle.

— J'avais très envie de faire cela lorsque tu étais sur le central, tout à l'heure. Tu devrais être heureuse que je ne l'aie pas fait…

Il déchira ensuite le short qu'elle portait et elle

se demanda s'il n'avait pas complètement perdu la raison.

— Quelque chose ne va pas ? lui demanda-t-il.

— Tu ne peux pas déchirer mes vêtements comme cela…

— Trop tard. Si tu veux, tu peux déchirer les miens.

— Mais qu'est-ce qui t'arrive ?

— Je t'ai volontairement mise en colère, lui dit-il. Assez pour que tu puisses l'emporter.

Il effleura sa gorge de ses lèvres.

— Et pendant que je te regardais jouer, je ne pouvais pas m'empêcher de te désirer. Je devinais la passion qui bouillonnait en toi, juste sous la surface. Et j'imaginais ce qui se passerait lorsqu'elle éclaterait…

Ses mains jouaient à présent sur les seins d'Asher, lui arrachant d'incoercibles frissons.

— Tu n'avais pas le droit de m'accuser de sabotage, articula-t-elle.

— Je voulais créer un électrochoc, expliqua-t-il. Tu ne croyais quand même pas que j'allais rester là à te regarder te faire massacrer ? Je t'ai dit que je serais là pour toi, Asher. J'étais sérieux, tu sais.

Sur ce, il l'embrassa avec passion, balayant les derniers vestiges de résistance qu'elle pouvait lui opposer.

*
* *

Asher était toujours fascinée par la sensualité brute, presque primitive, qui se dégageait de Tyler, même lorsqu'il était habillé de façon très élégante. Le smoking qu'il portait ce soir-là ne parvenait pas à altérer la grâce naturelle qui se dégageait de lui.

Le vêtement soulignait même ses larges épaules, ses hanches minces et ses longues jambes. Il suffisait à la jeune femme de poser les yeux sur lui pour sentir monter en elle un trouble délicieux. Mais cette réaction purement physique se doublait d'une véritable fascination.

Chaque jour, elle découvrait en lui de nouvelles qualités. Dès leur première rencontre, elle avait été séduite par la force de caractère qui le caractérisait. Aujourd'hui, elle connaissait d'autres facettes de sa personnalité : son humour, sa fidélité en amitié, la tendresse dont il savait faire preuve à son égard, son intégrité morale…

Et si elle avait toujours apprécié l'ambiance très particulière du traditionnel bal de Wimbledon, elle avait hâte que celui-ci s'achève pour pouvoir se retrouver seule avec Tyler. Comme s'il avait senti qu'elle pensait à lui, il se tourna vers elle. Lorsque leurs regards se croisèrent, elle comprit qu'il était exactement dans la même disposition d'esprit qu'elle.

Le morceau qu'interprétait l'orchestre prit fin et le cavalier d'Asher la raccompagna au bord de la piste de danse.

— Vous êtes une merveilleuse danseuse, déclara-t-il.

— Merci, répondit-elle avec un sourire.

Elle se rendit alors compte qu'elle avait complètement oublié le nom de son partenaire.

— J'étais un grand fan de votre père, vous savez. Je me souviens parfaitement des débuts de sa carrière. C'était avant que vous ne soyez née.

— Wimbledon a toujours été l'un de ses tournois préférés, répondit Asher en se forçant à sourire. Je crois qu'il en aimait la tradition et le décorum...

— En tout cas, je suis heureux de voir que la nouvelle génération a dignement assuré la relève, déclara l'homme en portant galamment sa main à ses lèvres. Mes meilleurs vœux pour l'avenir, mademoiselle Wolfe.

Une femme vêtue d'une robe de soie très élégante les rejoignit alors. Asher reconnut aussitôt lady Mallow, la sœur d'Eric.

— Jerry ! s'exclama-t-elle cordialement à l'intention du cavalier de la jeune femme. Comment allez-vous ?

— Lucy, quel plaisir de vous voir !

Il lui baisa la main.

— Jerry, je crois que Brian vous cherche partout. Il tenait absolument à vous saluer avant de partir.

— Dans ce cas, je pars moi aussi à sa recherche, déclara Jerry en souriant. Si vous voulez bien m'excuser, mesdames...

Il s'éloigna d'un pas léger et Lucy se tourna vers Asher.

— Tu as l'air d'être en forme, remarqua-t-elle.

— Merci.

— Est-ce que tout va bien ?

— Oui, répondit Asher, étonnée par la sollicitude de son interlocutrice. Très bien. Et toi ?

Lucy jeta un coup d'œil autour d'elle, comme pour s'assurer que personne ne les écoutait.

— Ce n'était pas une question purement rhétorique, reprit-elle. Il y a quelque chose que je tenais à te dire depuis un certain temps déjà…

Asher hocha la tête, se demandant où elle voulait en venir.

— J'aime beaucoup mon frère, poursuivit Lucy. Mais je sais que, durant votre mariage, tu t'es toujours comportée avec dignité. Et c'est loin d'être son cas.

Cet aveu inattendu surprit Asher.

— Le fait d'aimer mon frère ne m'aveugle pas complètement, poursuivit Lucy. Lorsque vous étiez mariés, je savais qu'il ne te traitait pas correctement. J'aurais dû te soutenir et je ne l'ai pas fait. Aujourd'hui, je tenais à m'en excuser…

Touchée par cette confession, Asher lui prit la main.

— Il n'y a pas de quoi, lui dit-elle en souriant. Eric et moi n'étions pas faits l'un pour l'autre, voilà tout…

— C'est vrai, acquiesça Lucy. Je me suis d'ailleurs toujours demandé pourquoi vous vous étiez mariés. Au départ, je pensais que c'était parce que tu convoitais son titre, mais je me suis vite rendu compte que je me trompais. Tu as brusquement changé, quelques mois après ton mariage. On aurait dit que quelque chose s'était brisé… Je me suis dit que c'était à cause de la façon dont Eric te trompait. Puis j'ai réalisé que cela ne devait pas vraiment te toucher. Tu n'as jamais aimé qu'un seul homme, n'est-ce pas ?

En prononçant ces mots, le regard de Lucy avait glissé sur Tyler qui se trouvait à l'autre bout de la pièce. La perspicacité dont elle faisait preuve surprit Asher tout autant que les excuses qu'elle venait de lui présenter.

— Lorsque Eric l'a compris, il en a beaucoup souffert, soupira-t-elle.

— Je suis persuadée qu'il le savait avant de t'épouser, objecta Lucy. Mais il était trop fier pour l'admettre et espérait sans doute qu'en vivant avec toi, il parviendrait à te détourner de Tyler… En tout cas, j'espère que vous serez heureux, tous les deux, maintenant que vous vous êtes retrouvés.

— Merci, Lucy, répondit Asher.

Cédant à une brusque impulsion, elle serra la jeune femme dans ses bras.

— Est-ce que cela te mettrait mal à l'aise si je t'écrivais ? demanda-t-elle lorsqu'elles se séparèrent.

— Au contraire, j'en serais ravie, répondit Lucy. Bon, je vais devoir te quitter. Je crois que Brian avait hâte de rentrer. A bientôt, j'espère…

Elle se détourna et Asher la suivit pensivement des yeux. Apparemment, elle avait vu juste. Cette victoire à Wimbledon marquerait pour elle un véritable tournant et lui permettrait enfin d'en finir avec le rôle qu'elle avait joué durant son séjour en Angleterre. Elle se sentait plus légère et plus libre et songea qu'elle était peut-être en train d'atteindre un nouvel équilibre.

Alors qu'elle se faisait cette réflexion, une main se posa doucement sur son épaule. Elle se tourna vers Tyler qui venait de la rejoindre et lui sourit, heureuse de le sentir auprès d'elle en cet instant.

— Qui était-ce ? demanda-t-il en suivant Lucy des yeux.

— Une vieille amie, répondit Asher.

C'était probablement la vérité, songea-t-elle, même s'il lui avait fallu attendre ce jour pour s'en rendre compte.

— Est-ce que tu veux bien m'inviter à danser ? demanda-t-elle à Tyler. J'ai terriblement envie que tu me prennes dans tes bras.

Sans se faire prier, il l'entraîna en direction de la piste de danse.

# Chapitre 9

— Asher, à quoi pense-t-on lorsqu'on est à trois matchs seulement du grand chelem ?

La jeune femme sourit, ce qui provoqua une nouvelle rafale de flashes aveuglants. Depuis qu'elle avait gagné à Wimbledon, sa vie ressemblait à un conte de fées. Tyler et elle filaient le parfait amour et avaient tous deux remporté l'open d'Australie. De retour aux Etats-Unis, ils s'étaient attaqués au dernier grand tournoi du circuit, l'US Open.

— Je m'efforce de ne pas trop y penser, répondit-elle. J'essaie d'aborder les matchs un par un.

— Justement, fit un journaliste, vous affrontez Stacie Kingston en quarts de finale. A chacune de vos précédentes rencontres, vous l'avez battue. Est-ce que cela vous met en confiance ?

— Stacie est une joueuse remarquable. Sa technique est impeccable et elle est très motivée. Rien ne dit qu'elle ne l'emportera pas, cette fois-ci. Franchement, à ce niveau de la compétition, il faut savoir rester humble…

— Pensiez-vous vraiment que votre retour serait aussi spectaculaire ? demanda un jeune reporter.

Asher se contenta de hausser les épaules.

— Je m'étais entraînée très dur avant de revenir, expliqua-t-elle. Je suis heureuse que cela se soit avéré payant.

— Est-ce que vous continuez la musculation ?

— Oui, tous les jours.

— Est-ce que vous avez modifié votre style de jeu, par rapport à celui que vous pratiquiez, il y a trois ans ?

— Je pense que j'ai corrigé certaines faiblesses… Mon service, par exemple. Mes statistiques sont bien meilleures qu'elles ne l'étaient à l'époque.

— Est-ce que vous avez continué à jouer régulièrement, pendant vos trois années d'absence ?

— Régulièrement, oui. Mais pas assez souvent, malheureusement.

— Est-ce que c'est votre père qui vous entraînera l'année prochaine ?

— Je n'en ai pas encore discuté avec lui, répondit Asher.

— Est-ce que vous comptez accepter la proposition du magazine *Elégance* ? Il paraît qu'ils veulent vous mettre en couverture ?

— Je vois que les nouvelles vont vite, remarqua-t-elle en riant.

Pour la première fois depuis des années, elle se sentait parfaitement en confiance face à la presse.

Elle ne voyait plus les journalistes comme des ennemis dont elle devait se méfier, mais comme des alliés qui pouvaient l'aider à améliorer son image et à décrocher de nouveaux contrats.

— Je n'ai pas encore pris ma décision, ajouta-t-elle. Pour le moment, je préfère me concentrer sur l'US Open.

— Y a-t-il quelqu'un que vous aimeriez particulièrement affronter en finale ?

— Vous devriez attendre que j'aie dépassé les quarts et les demi-finales avant de me poser ce genre de question.

— Je la reformule, alors. Qui considérez-vous comme votre adversaire la plus dangereuse ?

— Tia Conway, répondit Asher sans hésiter.

Le duel impitoyable qu'elle avait livré contre elle à Kooyong était encore très frais dans son esprit. Les trois manches s'étaient terminées en tie-break et le match avait duré plus de deux heures.

— Je considère qu'elle est la meilleure joueuse sur le circuit, ces temps-ci.

— Qu'est-ce qui vous fait dire cela ?

— Elle a un très grand sens du jeu, de la vitesse, de la puissance et un service exceptionnel.

— Pourtant, vous l'avez toujours battue.

— Très difficilement chaque fois, rappela Asher.

— Et que pensez-vous de la compétition masculine ? Croyez-vous que nous aurons deux vainqueurs du grand chelem américains, cette année ?

— Comme je vous l'ai dit, il reste trois matchs à jouer. Mais si Starbuck conserve le niveau de jeu qu'il a réussi à maintenir depuis le début de la saison, j'avoue que je ne vois pas très bien qui pourrait lui disputer la victoire.

— Est-ce que votre opinion en la matière ne serait pas légèrement influencée par vos sentiments personnels ?

— Je crois que les statistiques parlent d'elles-mêmes, répondit Asher sans se démonter. Bien, si vous n'avez plus d'autres questions, je vais vous laisser. Le match d'aujourd'hui a été éprouvant.

Elle se leva et fut saluée par une salve d'applaudissements à laquelle elle répondit par un sourire. Comme elle quittait la pièce, elle repéra Chuck qui se tenait près de la porte.

— Qu'est-ce que tu fais là ? lui demanda-t-elle, étonnée.

— Je garde un œil sur la petite copine de mon meilleur ami, répondit-il en passant un bras autour de ses épaules. Tyler pensait que tu serais plus à l'aise s'il n'était pas dans les parages pendant que tu répondais aux questions de la presse…

— Tu lui diras que je n'ai pas besoin de chaperon, rétorqua Asher avec une pointe d'agacement.

— Je suis tout à fait d'accord, acquiesça Chuck. Mais Tyler était convaincu que les journalistes essaieraient de te piéger.

— Et qu'aurais-tu fait, dans ce cas ?

— Je ne sais pas, avoua Chuck. J'imagine que j'aurais improvisé une diversion. Ou bien je t'aurais regardée te débattre en ricanant d'un air machiavélique. Comment peux-tu dire que personne n'est capable de battre Tyler ? Tu ne sais donc pas qu'une grande marque de raquettes a décidé de donner mon nom à l'un des modèles ?

— Désolée, Chuck, répondit Asher en riant. Tu as sans doute raison. Ce n'était pas très diplomate de ma part…

Il l'étudia quelques instants avant de hocher la tête.

— Je trouve que tu as vraiment bonne mine, lui dit-il.

— Dois-je comprendre que ce n'était pas le cas avant ? demanda-t-elle, taquine.

— Tu sais très bien ce que je voulais dire ! protesta-t-il. Tu as l'air heureuse.

— Je le suis, confirma-t-elle.

— Tyler aussi, c'est évident. Vous êtes vraiment fais l'un pour l'autre. Franchement, je ne sais pas ce qui s'est passé entre vous, il y a trois ans, mais j'espère que cela ne se reproduira pas.

Touchée par cette déclaration, Asher le serra affectueusement dans ses bras.

— Je l'espère aussi, murmura-t-elle.

— Dis donc ! fit une voix derrière eux. Je t'avais demandé de la tenir à l'œil, pas de me la voler !

— Ne sois pas si possessif, répliqua Chuck

en riant. Les seconds couteaux aussi ont besoin d'amour. Dis donc, chérie, ajouta-t-il en se tournant vers Asher, que dirais-tu d'un petit dîner en tête à tête avec moi ? Foie gras, homards et champagne, qu'en penses-tu ?

— Désolée, fit-elle avant de déposer un petit baiser sur le bout de son nez. Quelqu'un m'a déjà proposé une soirée pizza.

— Surclassé, une fois de plus ! s'exclama Chuck d'un air tragique. Dis, Tyler, ça te dirait un petit entraînement, demain matin ?

— Si tu paies le café après.

— On tirera ça à pile ou face, répondit Chuck.

Sur ce, il s'éloigna d'un pas léger, les laissant seuls. Asher et Tyler gagnèrent la sortie du bâtiment réservé aux conférences de presse et remontèrent l'allée qui traversait le grand complexe sportif. Le silence qui planait entre eux était lourd de non-dits.

Depuis qu'ils étaient rentrés aux Etats-Unis, tous deux comprenaient instinctivement qu'il serait bientôt temps de discuter des circonstances du départ d'Asher, trois ans auparavant. Mais ni l'un ni l'autre ne savait comment aborder le sujet.

— Alors ? demanda enfin Tyler. Comment ça s'est passé ?

— Très bien, répondit-elle en lui prenant la main. Je n'avais vraiment pas besoin de garde du corps…

— Je sais que tu n'aimes pas beaucoup ce genre d'interviews.

— Dis plutôt qu'elles me terrifiaient. Mais ce n'est plus le cas, aujourd'hui. A vrai dire, je ne comprends même pas comment je pouvais être aussi tétanisée devant la presse… Par contre, j'ai bien cru que j'allais mourir d'inanition.

— Tu as parlé de pizza, je crois. Je connais l'endroit idéal pour cela.

Vingt minutes plus tard, Asher contemplait d'un air résigné le restaurant où Tyler l'avait emmenée. C'était une salle exiguë, bondée et bruyante. Le juke-box qui trônait dans un coin de la pièce enchaînait des tubes qui avaient dû être à la mode quinze ans auparavant. Les serveuses portaient des tabliers en plastique sur lesquels étaient imprimées des pizzas arborant un grand sourire.

— Toi, tu sais comment traiter une femme, déclara-t-elle en se tournant vers son compagnon.

— Je connais tous les lieux branchés de la ville, répliqua Tyler. Si tu veux, demain, je t'emmènerai déjeuner dans mon fast-food préféré.

Elle sourit et il se pencha vers elle pour déposer un baiser sur ses lèvres, manquant renverser leur table.

— Vous êtes prêts à commander ?

Tyler s'écarta d'Asher et découvrit une serveuse qui

les contemplait d'un air désabusé en mâchouillant rageusement son chewing-gum.

— Deux pizzas della casa et une bouteille de chianti, s'il vous plaît, répondit-il.

— Petites, moyennes ou larges, les pizzas ?

— Moyennes, fit-il au hasard. Merci.

Il lui décocha l'un de ces sourires irrésistibles dont il avait le secret.

— Je suis sûre que nous serons servis très vite, remarqua Asher.

— Pourquoi ? demanda Tyler, étonné.

— Pour rien, éluda-t-elle en riant.

Elle était toujours surprise de découvrir qu'il n'avait pas conscience du charme qu'il exerçait sur les femmes qui l'entouraient.

— Quel genre de questions t'ont posé les journalistes ? demanda-t-il.

— Rien d'extraordinaire. En revanche, ils étaient déjà au courant de la proposition d'*Elégance*.

— Est-ce que tu comptes accepter ?

— Je ne sais pas encore. Ce pourrait être amusant. Et puis, ce serait bon pour l'image du tennis féminin.

— Plusieurs joueuses l'ont déjà fait, remarqua Tyler.

— Je ne savais pas que tu lisais les magazines de mode, Starbuck !

— Bien sûr que si ! Il y a toujours des tas de jolies filles dedans…

Asher sourit.

— Ils m'ont aussi parlé du grand chelem, ajouta-t-elle.

Tyler lui prit la main et la contempla attentivement. Il adorait voir leurs doigts entrelacés. A ses yeux, ils symbolisaient parfaitement la façon dont Asher et lui étaient aussi différents que complémentaires.

— J'ai botté en touche, poursuivit-elle. Je n'aime pas me projeter trop loin. Mais je suppose que tu dois répondre aux mêmes questions, toi aussi.

— Effectivement. Je me tue à leur dire que lorsqu'on joue au tennis, il faut se concentrer uniquement sur le match en cours, sur l'échange en cours, même. Et trois matchs, cela représente un grand nombre d'échanges…

— Mais tu aimerais quand même remporter le grand chelem, n'est-ce pas ?

— Bien sûr ! s'exclama Tyler. D'autant que Martin a parié une grosse somme sur ma victoire…

— Je suis surprise qu'il ne soit pas venu te voir, remarqua Asher.

— Il arrive demain avec le reste de la famille.

— Ils seront tous là ?

— Maman et Jess, c'est certain. Mac et Pete essaieront de venir aussi. Je suis sûr que tu aimeras beaucoup mon neveu. Il est vraiment adorable…

Asher hocha la tête. Elle ne pouvait se départir d'une impression étrange et légèrement désagréable. Trois ans auparavant, Tyler et elle se trouvaient à l'US Open. Ils étaient amants. Ils étaient poursuivis par la presse. Et la famille de Tyler était venue le voir jouer. L'histoire semblait se répéter. Et pourtant, il s'était passé beaucoup de choses entre-temps. Des choses dont ils n'avaient pas encore commencé à discuter…

Parmi elles, il y avait cet enfant qui n'avait jamais vu le jour, mais dont elle imaginait désormais qu'il aurait pu ressembler à Pete. Et la perspective de rencontrer ce dernier la terrifiait…

— Dis-moi, Asher, fit brusquement Tyler, tu n'as toujours pas parlé à ton père, n'est-ce pas ?

— Non… Pas depuis que je me suis retirée de la compétition.

— Pourquoi ne l'appellerais-tu pas ?

— Je ne peux pas.

— Ecoute, c'est ridicule. Il est ton père, après tout…

— Tu le connais, soupira-t-elle. C'est quelqu'un de très intègre. Il est toujours convaincu de savoir ce qui est bien et ce qui ne l'est pas. Lorsque j'ai arrêté le tennis, je ne l'ai pas seulement déçu. Je l'ai trahi.

— C'est absurde, protesta Tyler.

— Pas à ses yeux. Pour lui, je suis la fille de Jim Wolfe et, à ce titre, j'ai certaines responsabilités. En épousant Eric et en abandonnant ma carrière, j'y ai renoncé. Et il ne me le pardonnera jamais.

— Comment peux-tu en être si sûre ? insista Tyler. Tu ne lui as même pas parlé !

— S'il avait changé d'avis, il serait ici, répondit tristement Asher. Franchement, lorsque j'ai repris la compétition, je pensais qu'il reviendrait vers moi. Mais je me suis trompée.

— Il te manque, n'est-ce pas ?

— Oui, j'aimerais qu'il soit là, en ce moment. Mais je comprends ses raisons. Et, au moins, cette rupture m'aura appris quelque chose de très important. Pendant des années, je crois que j'ai surtout joué pour lui, parce que je voulais qu'il soit fier de moi. Aujourd'hui, je ne joue que pour moi.

— C'est peut-être pour cela que tu as fait tant de progrès, remarqua Tyler.

— Peut-être, acquiesça-t-elle.

La serveuse revint alors et déposa devant eux deux pizzas et une bouteille de vin. Ils commencèrent à manger avec appétit, oubliant la compétition, le grand chelem et les matchs à venir. Ils devisaient de choses et d'autres, plaisantant et riant comme deux enfants en vacances.

Asher se sentait bien. Le restaurant qui lui avait tout d'abord paru peu engageant lui semblait à présent empli d'un charme un peu désuet. La pizza et le chianti valaient à ses yeux le caviar et le champagne qu'ils avaient partagés à Paris.

Au fond, c'était moins le repas et le lieu qui comptaient que la compagnie de Tyler. Tant qu'il était à ses côtés, elle se sentait en paix. Avec lui, elle pouvait se permettre de baisser la garde, d'être elle-même. En fait, il était le seul homme qui l'ait jamais acceptée telle qu'elle était vraiment.

Son père avait voulu qu'elle soit parfaite. Il l'avait façonnée à son image et elle avait fait tout ce qu'elle pouvait pour s'y conformer. Eric avait voulu qu'elle devienne lady Wickerton, une femme sophistiquée et policée, élégante et distinguée. Et elle s'était efforcée de le satisfaire.

Avec Tyler, elle était juste Asher. Il ne cherchait ni à lui imposer ses vues ni à gommer ses défauts. Au contraire, il l'encourageait à être elle-même. A son contact, sa personnalité s'était affirmée et elle avait réussi à se défaire de l'influence de son père et d'Eric pour devenir elle-même.

Emplie d'un brusque élan de reconnaissance, elle lui prit la main et la posa contre sa joue, heureuse de sentir sa peau contre la sienne.

— Qu'est-ce qui me vaut ce regard ? demanda-t-il, surpris.

— Ta façon de me laisser libre.

Il haussa les sourcils.

— Suis-je censé comprendre ce que cela veut dire ?

— Non, répondit-elle. En revanche, je tiens à ce que tu saches que j'ai très envie de toi, en ce moment.

— Pourquoi faut-il que tu me dises toujours ce

genre de choses lorsque nous sommes dans des endroits publics ? soupira-t-il d'un air faussement accablé.

Cette nuit-là, Tyler resta longuement éveillé. Nichée contre lui, Asher avait déjà succombé au sommeil, brisée par la fatigue accumulée durant la journée et par l'intensité de leur étreinte. Il sentait sa chair tiède et chacune de ses inspirations l'emplissait de son odeur.

Repoussant l'accès de désir incontrôlable qu'elle lui inspirait, il se tourna vers la table de nuit pour contempler le réveil qui indiquait minuit vingt-sept.

Il s'efforça de chasser les doutes qui l'assaillaient. Mais c'était sans espoir. Il savait que son idylle avec Asher était sur le point de se terminer. Bientôt, ils devraient décider de l'avenir de leur relation. Et, pour cela, il leur faudrait parler du passé.

Tyler avait repoussé bien trop longtemps les questions qui l'obsédaient. Il voulait comprendre pourquoi elle était partie, pourquoi elle avait épousé Eric alors que, de son propre aveu, elle avait été malheureuse avec lui.

Il avait hâte d'obtenir des réponses. Mais il lui fallait encore attendre la fin de la saison. Pour le moment, tous deux étaient bien trop absorbés par les matchs qu'il leur restait à disputer pour pouvoir aborder un sujet aussi sensible.

Hélas, Tyler n'était pas un homme patient. Il

n'avait pas l'habitude de devoir ronger son frein et cette attente commençait à lui peser.

Mieux valait penser à autre chose, décida-t-il. Au père d'Asher, par exemple, et à la façon dont il avait coupé les ponts avec elle. C'était une décision que Tyler ne parvenait pas à comprendre. Jamais il n'aurait imaginé que deux membres d'une même famille puissent devenir de parfaits étrangers l'un pour l'autre.

Lui-même aurait tout pardonné à sa mère ou à sa sœur. La simple idée de les rendre malheureuses lui fendait le cœur. Or Jim Wolfe adorait sa fille. Plus d'une fois, les deux hommes s'étaient retrouvés assis l'un à côté de l'autre pour la regarder jouer.

Chaque fois, Tyler avait été frappé par le mélange de fierté et d'affection qui se lisait dans le regard de Jim. Et il ne pouvait croire que ces sentiments étaient inspirés uniquement par la sportive et non par Asher elle-même. Ne s'était-il pas réjoui du fait qu'elle sorte avec Tyler, alors que leur relation empiétait sur le temps qu'elle consacrait à son entraînement ?

Jim n'avait pas protesté. Au contraire, d'ailleurs, il les avait encouragés. Tyler s'était même senti légèrement embarrassé par l'enthousiasme dont il faisait preuve alors que lui-même, à l'époque, ne savait pas encore si cette liaison serait durable ou non…

Réprimant un soupir, il jeta un coup d'œil à sa

compagne qu'illuminaient les rayons de la lune qui filtraient par la fenêtre de leur chambre. Ils donnaient à ses cheveux et à sa peau des reflets d'argent, la rendant plus désirable encore.

Craignant de la réveiller, Tyler résista à l'envie qu'il avait de l'embrasser. Il avait encore du mal à comprendre l'intensité des sentiments qu'elle lui inspirait. Il y avait du désir, bien sûr, mais aussi une immense tendresse et une angoisse sourde à l'idée qu'il pouvait la perdre de nouveau. Aucune autre femme n'avait jamais éveillé en lui de telles émotions contradictoires.

Par-dessus tout, il voulait la protéger contre cette tristesse qu'il percevait parfois en elle sans pouvoir se l'expliquer. Souffrait-elle plus de l'attitude de son père qu'elle ne voulait l'admettre ? Connaissant Asher, c'était une possibilité qu'il ne pouvait négliger.

Une idée s'insinua brusquement en lui. Si aucun d'eux ne se décidait à faire le premier pas, la situation risquait fort de s'éterniser. Mais lui-même avait peut-être un rôle à jouer. Il réfléchit à la question pendant quelques minutes puis se leva pour gagner le salon de la suite.

Décrochant le téléphone, il composa le numéro du père d'Asher qui figurait toujours dans son carnet d'adresses. Un domestique lui répondit et il déclina son identité avant de demander à parler à Jim Wolfe. Quelques instants plus tard, la voix familière de ce dernier se fit entendre.

— Starbuck ? fit-il d'un ton qui trahissait un mélange d'étonnement et de méfiance.

— Bonjour, Jim, comment allez-vous ?

— Très bien. Vous aussi, apparemment. J'ai lu de nombreux articles qui chantaient vos louanges.

— Je ne peux pas me plaindre. Cette année a été excellente pour moi. En revanche, vous nous avez manqué, à Wimbledon.

— Cela vous fait déjà quatre victoires, là-bas, si je ne me trompe…

— Et trois pour Asher, renchérit Tyler.

Un bref silence suivit cette remarque.

— Je me suis laissé dire que vous étiez en route vers le grand chelem, reprit Wolfe.

— Jim, je ne vous appelle pas pour parler de moi mais d'Asher…

— Dans ce cas, nous n'avons rien à nous dire, déclara-t-il.

La froideur et le détachement de son ton laissèrent Tyler interdit. Puis il sentit la colère remplacer sa stupeur initiale.

— Attendez une minute, protesta-t-il. Moi, j'ai beaucoup à dire ! Votre fille s'est battue pour revenir dans la compétition. Et elle l'a fait sans vous.

— J'en ai parfaitement conscience. Où voulez-vous en venir ?

— Au fait qu'il n'a pas dû être facile pour elle

de devoir répondre à longueur de journée à des journalistes qui lui demandaient pourquoi vous n'étiez pas à ses côtés alors qu'elle remportait tournoi sur tournoi.

— Asher connaît parfaitement mon sentiment sur la question. Et cela ne vous regarde pas.

— Tout ce qui la concerne me concerne, protesta vivement Tyler.

— Ah, je vois..., soupira Wolfe. Vous vous êtes remis ensemble, alors.

— Effectivement.

— Ecoutez, le fait que vous ayez renoué avec Asher est votre affaire. Le fait que je ne veuille pas en faire autant est la mienne.

— Mais, bon sang, Jim ! C'est quand même votre fille ! Vous ne pouvez pas lui tourner le dos de cette façon.

— Elle l'a bien fait, elle, répliqua Wolfe d'une voix qui trahissait une immense amertume.

— Que voulez-vous dire ? demanda Tyler en fronçant les sourcils.

— Qu'Asher n'a pas hésité à se débarrasser de son enfant...

Tyler sentit un frisson glacé le parcourir et sa main se resserra convulsivement sur le combiné.

— Quel enfant ? murmura-t-il.

Mais Wolfe ne l'entendit même pas.

— Elle a tourné le dos à tous les principes que j'avais essayé de lui transmettre, poursuivit-il. La fille que j'ai élevée n'aurait jamais fait une chose pareille ! J'ai bien essayé d'admettre qu'elle ait décidé d'épouser cet homme insupportable. Et même qu'elle ait choisi de renoncer à sa carrière… Mais il y a des choses que je ne puis excuser ou pardonner. Si la vie qu'elle a choisie était plus importante à ses yeux que son propre enfant, tant mieux pour elle. Mais je refuse de la partager !

Sur ce, Wolfe raccrocha.

Pendant ce qui lui parut une éternité, Tyler resta parfaitement immobile, les yeux dans le vague. Puis, avec beaucoup de soin, il reposa à son tour le combiné du téléphone.

Des dizaines de questions se pressaient dans son esprit. Il aurait voulu réveiller Asher et exiger des explications. Mais il n'était pas en état de s'exprimer calmement. Il fallait qu'il prenne son temps, qu'il réfléchisse posément à la situation. Brusquement incapable de rester inactif, il réintégra la chambre à coucher et s'habilla.

Ses yeux se posèrent alors sur la forme endormie d'Asher. Elle paraissait si paisible, en cet instant, si innocente…

Pourtant, elle lui avait menti. Pas une seule fois, elle n'avait évoqué le fait qu'Eric et elle avaient eu un enfant. Le plus étrange, c'était que la presse n'en avait jamais fait mention…

*Asher n'a pas hésité à se débarrasser de son enfant…*

Soudain, les paroles de Jim Wolfe prirent un sens nouveau. Sur le coup, il avait pensé qu'Asher avait renoncé à cet enfant, qu'elle en avait abandonné la garde à Eric. Mais cela n'avait aucun sens. Les journaux avaient consacré plusieurs articles à leur divorce. Et Tyler, incapable de résister à la tentation, les avait tous lus. Pas un seul n'évoquait l'existence de cet enfant.

Se pouvait-il donc qu'Asher ait choisi d'avorter ? Etait-ce ce qu'avait voulu dire son père, ce qu'il n'avait pu se résoudre à accepter ? Tyler avait du mal à le croire. Cela ne ressemblait à rien de ce qu'il connaissait du tempérament de la jeune femme.

Asher n'aurait jamais pris une telle décision sans une raison impérieuse. Mais s'il s'agissait vraiment d'un problème de santé, pourquoi son père lui en aurait-il voulu à ce point ? Pourquoi aurait-il été jusqu'à couper les ponts avec elle ?

Comme il se posait la question, il vit Asher remuer doucement dans son sommeil. Elle se retourna et tendit la main vers l'endroit où il aurait dû être. Ne le trouvant pas, elle ouvrit les yeux. Elle se redressa sur un coude et passa la main dans ses cheveux en bataille.

— Tyler, appela-t-elle doucement.

Il ne répondit pas, craignant que les doutes et les émotions contradictoires qui l'assaillaient ne le trahissent. Pourtant, malgré son silence et le manque de lumière, Asher devina que quelque chose n'allait pas.

— Tyler ? fit-elle de nouveau. Que se passe-t-il ?

Elle alluma la lampe de chevet et réalisa qu'il l'observait d'un air sombre. Le mélange de froideur et de méfiance qu'elle lut dans son regard la terrifia.

— Tu n'arrives pas à dormir ? lui demanda-t-elle, s'efforçant de se persuader qu'il ne s'agissait que d'un mauvais tour de son imagination.

— Non, répondit-il d'une voix atone.

— Tu aurais dû me réveiller, lui dit-elle.

— Pourquoi ?

— Eh bien, nous aurions pu discuter…

— De quoi ? répliqua-t-il durement. De tout et de rien, tant que je ne pose pas de questions embarrassantes ?

Cela faisait plusieurs jours qu'Asher anticipait cette discussion. Mais elle n'avait jamais imaginé que Tyler puisse se montrer aussi amer. Au fond, songea-t-elle, elle l'avait peut-être mérité. Elle avait sans doute repoussé trop longtemps l'inévitable échéance.

— Si tu as des questions, je veux bien y répondre, lui dit-elle.

— Vraiment ? répliqua-t-il. Tu veux dire que tu as brusquement décidé de ne plus rien me cacher ?

— J'avais juste besoin de temps, plaida-t-elle, prise de court par son attitude.

— Du temps pour quoi ? lui demanda-t-il.

— Pour être sûre que tu comprendrais certaines choses…

— Comme ce qui est arrivé au bébé ?

Asher n'aurait pas réagi autrement s'il l'avait giflée. Elle le dévisageait avec stupeur. Dans son visage d'une pâleur de cire, ses yeux paraissaient immenses.

— Comment… ?

Elle s'interrompit, incapable de formuler les questions qui se pressaient dans son esprit. Comment l'avait-il appris ? Qui le lui avait dit ? Depuis combien de temps savait-il ?

— Eric t'en a parlé ? articula-t-elle enfin.

Tyler sentit monter en lui une vague déception. Jusqu'alors, il n'avait pas été complètement convaincu par ce que Jim lui avait dit. Mais Asher venait de le lui confirmer. Et il avait du mal à comprendre que la jeune femme ait pu vouloir se débarrasser délibérément de son propre enfant.

— Alors c'est vrai ? murmura-t-il.

La panique qui avait envahi Asher redoubla. Elle sentait déjà la distance qui se creusait entre Tyler et elle. Elle regrettait de ne pas lui avoir annoncé la nouvelle elle-même. Mais il était trop tard, bien sûr…

— Tyler, je suis désolée de ne pas t'en avoir parlé avant. Au départ, j'avais très peur de la façon dont tu réagirais. Et, à mesure que le temps passait, je ne cessais de repousser le moment où je te le dirais…

— Après tout, cela ne me concerne pas vraiment, remarqua froidement Tyler.

Asher ouvrit de grands yeux, sidérée par cette remarque.

— Comment peux-tu dire une chose pareille ? protesta-t-elle.

— Eh bien, j'imagine que ce que tu as fait avec ton mari ne concerne pas ton ex-petit ami, même s'il est toujours amoureux de toi…

Un irrépressible mélange de joie et de tristesse monta en elle.

— Je ne le savais pas, remarqua-t-elle.

— Quoi donc ?

— Que tu m'aimais, à cette époque…

Il éclata d'un rire amer.

— Vraiment ? fit-il. Et pourquoi croyais-tu donc que je passais tout mon temps avec toi ? Que je n'arrêtais pas de penser à toi ?

— Tu ne me l'as jamais dit, objecta Asher.

— Bien sûr que si !

— Non, pas une seule fois. Une seule fois aurait suffi, Tyler…

Il fronça les sourcils, passant en revue ses souvenirs. Peut-être avait-elle raison. Peut-être n'avait-il effectivement jamais prononcé ces mots auxquels elle paraissait attacher tant d'importance. Mais il lui avait prouvé ses sentiments par ses gestes et ses attentions.

— Toi non plus, tu n'as rien dit, lui fit-il observer.

— J'avais peur, avoua-t-elle.

— Moi aussi, Asher ! s'exclama-t-il.

Pendant quelques instants, ils se contemplèrent en silence, réalisant le gouffre qu'avait creusé entre eux ce manque de communication. Si seulement ils s'étaient avoué leurs sentiments l'un pour l'autre, ils auraient peut-être pu éviter trois ans d'une douloureuse séparation.

— Je t'aime, Tyler, déclara Asher. Je t'ai toujours aimé. Mais j'ai toujours peur.

Elle lui tendit la main, mais il ne fit pas mine de la prendre.

— Je t'en prie, lui dit-elle. Ne m'abandonne pas maintenant. Et ne me déteste pas pour ce que j'ai fait…

Après quelques secondes d'hésitation, Tyler lui prit la main et la porta à ses lèvres. Par amour pour elle, il se sentait prêt à tout comprendre, à tout accepter.

— Je suis content que nous en ayons discuté, lui dit-il. Je pense qu'il est important pour nous de repartir sur de nouvelles bases.

— Tu as raison, acquiesça-t-elle. C'est aussi ce que je veux. Et je suis désolée pour le bébé, ajouta-t-elle en se serrant contre lui. Sur le coup je ne t'en ai pas parlé parce que je ne savais pas comment tu réagirais. Après, je me suis dit que cela ne servirait à rien, de toute façon…

— Je comprends.

— Je me sentais si coupable, poursuivit-elle. Et quand Jess m'a montré la photo de ton neveu, je me suis dit que c'est à cela qu'aurait ressemblé notre enfant…

Tyler sentit un frisson glacé le parcourir. L'espace d'un instant, il eut l'impression que son organisme tout entier avait cessé de fonctionner d'un seul coup.

— Notre enfant ? articula-t-il enfin.

Sa main se resserra brutalement sur celle d'Asher qui ne put réprimer un petit cri de douleur. Il la prit alors par les épaules et la regarda droit dans les yeux. Ce qu'elle lut dans les siens fit naître en elle une terreur irrépressible.

— Tu veux dire que ce bébé était le mien ? s'écria-t-il.

Asher le regarda sans comprendre. Puis elle réalisa brusquement qu'il avait pensé jusqu'alors qu'il s'agissait du bébé d'Eric. Une peur panique la submergea alors et elle fut incapable de répondre à sa question.

— Dis-le-moi ! hurla-t-il en la secouant violemment.

Asher était incapable de se défendre. Elle n'en avait pas même envie.

— Est-ce que c'était mon enfant ? répéta Tyler.

Elle hocha la tête.

Tyler dut lutter de toutes ses forces contre l'envie qu'il avait de la frapper. Il aurait voulu la battre, pour exprimer la rage et la douleur qui bouillonnaient en lui. Comment avait-elle osé faire une chose pareille ? Comment avait-elle pu disposer de la vie de leur enfant de cette façon ?

Asher sentait la violence qui l'habitait, mais elle ne fit même pas mine de se protéger. Elle sentait ses doigts s'enfoncer impitoyablement dans la chair de ses bras. Puis, brusquement, il la repoussa en arrière et elle tomba à la renverse sur le lit.

— Espèce d'ordure ! s'exclama Tyler. Tu portais mon enfant lorsque tu l'as épousé. Est-ce que c'est lui qui t'a demandé de t'en débarrasser, lorsqu'il a découvert la vérité ? Ou bien est-ce toi qui l'as décidé pour être sûre que rien ni personne ne t'empêcherait de jouer la lady ?

Asher tremblait de tous ses membres. Elle était si horrifiée par la haine qu'elle lisait dans les yeux de Tyler qu'elle ne comprenait même pas le sens réel de ses paroles. Tout ce qu'elle sentait, c'était la rage qui brûlait en lui.

— Je ne savais pas que j'étais enceinte lorsque j'ai épousé Eric, plaida-t-elle.

— Tu n'avais pas le droit de me cacher cet enfant ! Tu n'avais pas le droit de prendre la moindre décision le concernant sans m'en parler !

— Mais, Tyler…

— Tais-toi. Je ne veux plus t'entendre parler. Je

ne veux même plus te voir ! Et rien de ce que tu pourrais dire ou faire ne me fera changer d'avis !

Sur ce, il gagna la porte de la chambre et sortit en la claquant derrière lui. Le bruit résonna en Asher comme la sonnerie d'un glas.

# *Chapitre 10*

La plupart des commentateurs sportifs déclarèrent que Tyler n'avait jamais aussi bien joué que lors de ces quarts de finale de l'US Open. Mais Tyler savait pertinemment qu'il ne s'agissait pas de tennis. Il s'était servi de ce match comme d'un exutoire à la colère et au désespoir qui l'habitaient.

La violence de ses coups était sans pitié, la rage qui se lisait dans ses yeux presque palpable. Il ne s'agissait plus pour lui de gagner ou de perdre, mais d'exorciser les émotions qu'avait éveillées en lui la confession d'Asher. Toujours en mouvement, il renvoyait chaque balle avec une précision létale. Chacun de ses gestes constituait une agression caractérisée.

Si on l'avait souvent comparé à un guerrier, jamais cette description n'avait semblé plus judicieuse que ce jour-là. Tel un loup assoiffé de sang, il avait réduit son adversaire à néant, ne lui laissant aucune chance d'échapper au déluge de coups qu'il faisait pleuvoir sur lui.

Hélas, ce match ne suffit pas à exorciser sa fureur. Il aurait voulu qu'il se prolonge plus longtemps, tout en sachant que cela n'aurait probablement rien changé.

Dans les tribunes, Martin Derick exultait. Jamais il ne s'était senti aussi fier de son protégé.

— Vous avez vu ça, Ada ! s'exclama-t-il tandis que Tyler regagnait les vestiaires. C'était fantastique ! Il l'a littéralement massacré !

— Effectivement, acquiesça la mère de Tyler.

— Plus que deux matchs et votre fils remportera le grand chelem, déclara son ancien employeur en serrant affectueusement ses mains dans les siennes. S'il continue à jouer comme cela, personne ne pourra l'empêcher de décrocher le titre.

Ada hocha distraitement la tête. Elle connaissait trop son fils pour être dupe de ce qui venait de se passer. Elle avait lu la colère et la douleur qui habitaient Tyler. C'était une expression qui lui était douloureusement familière. Il l'avait arborée lorsque, étant enfant, il souffrait des moqueries de ses petits camarades qui l'accusaient de ne pas avoir de père.

A l'époque, il avait réglé ses comptes avec ses poings. Aujourd'hui, il avait utilisé une raquette. Et tandis que Martin commentait avec enthousiasme chacun de ses coups, elle se demanda ce qui avait pu mettre Tyler dans un tel état.

— Maman, lui souffla alors Jess qui était assise à côté d'elle. Il y a quelque chose qui ne va pas chez Tyler, n'est-ce pas ?

— Tu as remarqué, toi aussi ?

Jess jeta un coup d'œil en direction des tribunes réservées à la fédération internationale.

— Tu as remarqué qu'Asher n'avait pas assisté au match d'aujourd'hui ?

Ada hocha la tête. Lorsque sa fille lui avait annoncé que Tyler et Asher sortaient de nouveau ensemble, elle n'avait pas été surprise le moins du monde. En fait, depuis qu'elle avait appris que la jeune femme avait divorcé pour reprendre la compétition, elle avait compris que c'était inévitable.

La seule fois de sa vie où elle avait vu Tyler vraiment désespéré, c'était lorsque Asher l'avait quitté pour épouser lord Wickerton. Et si la colère qu'il avait éprouvée alors n'avait pas surpris sa mère, l'intensité de son chagrin l'avait par contre beaucoup plus inquiétée.

— J'avais remarqué, acquiesça-t-elle. Mais je crois qu'elle doit jouer, tout à l'heure.

— Pas avant une demi-heure, objecta Jess. Cela lui laissait tout le temps de venir voir Tyler… Je suis vraiment étonnée qu'elle ne soit pas là.

— Je suis certaine qu'elle a une bonne raison pour cela, répondit Ada en s'efforçant de dissimuler son inquiétude croissante.

Cette scène commençait à devenir désagréablement familière et elle avait l'impression de revivre ce qui s'était produit trois ans auparavant.

— Maman, il faut que je te parle, déclara Jess

d'un ton hésitant. Pourrions-nous aller prendre une tasse de café, toutes les deux ?

Sentant qu'il s'agissait de quelque chose de très important, Ada se leva sans hésiter.

— Occupez-vous bien de Pete, dit-elle à Mac et à Martin. Jess et moi n'en avons que pour quelques minutes.

— Tu vas tout lui dire ? souffla Mac à son épouse.

— Oui, répondit-elle gravement. Je crois qu'il le faut.

Les deux femmes quittèrent les tribunes pour gagner l'un des cafés qui entouraient le stade. Elles parvinrent à trouver une table et commandèrent deux cafés. Dès qu'elles furent servies, Jess se mit à parler de tout et de rien, passant d'un sujet à l'autre avec une fausse désinvolture qui cachait mal sa nervosité.

Ada ne la pressa pas. Elle connaissait suffisamment ses enfants pour savoir que cela ne servirait à rien. Mieux valait attendre que Jess soit prête à lui dire ce qu'elle avait sur le cœur.

— Maman, est-ce que tu te souviens de l'US Open d'il y a trois ans ?

Ada hocha la tête. Comment aurait-elle pu oublier ce tournoi ? Tyler l'avait remporté à la suite d'une finale mémorable. Mais il avait à peine eu le temps de savourer sa victoire avant d'apprendre que la femme qu'il aimait s'était enfuie avec un autre homme.

— Tout était ma faute, reprit Jess au prix d'un immense effort de volonté. C'est à cause de moi qu'Asher est partie…

— Je ne comprends pas, répondit calmement Ada. En quoi étais-tu responsable de ses choix ?

— Je suis allée la voir, expliqua Jess en jouant nerveusement avec sa serviette en papier.

Elle avait pensé qu'il serait plus facile d'aborder le sujet, maintenant qu'elle en avait parlé à Mac. Mais le regard calme et patient de sa mère la déstabilisait. Elle avait l'impression d'être redevenue une enfant qui venait de faire une très grosse bêtise.

— Je suis passée à leur hôtel à un moment où Tyler n'était pas là.

Elle hésita une dernière fois avant de livrer le secret qui la rongeait depuis si longtemps.

— Je lui ai dit que Tyler en avait assez d'elle, qu'il s'ennuyait…

— Je suis étonnée qu'elle ne t'ait pas ri au nez, commenta Ada d'une voix égale.

— Je me suis montrée très convaincante, répondit Jess. Probablement parce que j'étais moi-même persuadée qu'il s'agissait de la vérité. J'étais même compatissante…

Jess détourna les yeux. Le souvenir de cette rencontre et des événements qui avaient suivi la torturait depuis des années.

— Je lui ai dit que Tyler pensait qu'Eric et elle étaient faits l'un pour l'autre. C'était vrai, d'ailleurs, mais j'ai tourné les choses de façon à lui laisser croire qu'il espérait qu'Eric le débarrasserait d'elle. J'ai même pris la défense de mon frère en expliquant qu'il n'avait jamais voulu lui faire de mal, qu'il s'était juste senti dépassé par l'intensité des sentiments d'Asher. J'ai laissé entendre que Tyler m'avait demandé mon avis sur la meilleure façon de se sortir d'une relation dont il ne voulait plus…

Ada posa doucement sa main sur celle de sa fille.

— Jess, pourquoi as-tu fait une chose pareille ? demanda-t-elle gravement.

— Parce que Tyler n'était pas heureux. Je lui avais parlé, la veille, et il se sentait si déprimé, si peu sûr de lui… Je ne l'avais encore jamais vu comme cela. Il me paraissait évident qu'Asher n'était pas la femme qu'il lui fallait, qu'elle lui faisait du mal. Je voulais lui éviter de souffrir encore plus.

— Mais Tyler l'aimait, objecta Ada.

— Je sais, soupira Jess. Mais je n'en étais pas convaincue, à l'époque. Je me disais que, s'il l'avait aimée, il aurait été bien plus heureux. Et que si elle l'avait aimé, elle se serait conduite comme les autres femmes avec lesquelles il était sorti…

— Ne crois-tu pas que c'est justement parce qu'elle était différente qu'il est tombé amoureux ?

Jess se demanda une fois de plus comment sa mère pouvait en savoir autant sur les relations amoureuses, elle qui avait passé la majeure partie de sa vie toute seule.

— Ce n'est que lorsque j'ai rencontré Mac que j'ai compris que l'amour n'était pas toujours facile. Parfois, je me sentais triste et confuse, je ne savais plus où j'en étais. Et, à chacune de ces occasions, je me rappelais ma conversation avec Tyler. Je me disais que lui aussi était peut-être en train de traverser une période de doute, mais que cela ne signifiait pas pour autant qu'il n'aimait pas Asher…

Jess essuya une larme qui coulait le long de sa joue.

— J'essayais alors de me persuader que si Asher l'avait vraiment aimé, elle aussi, elle ne serait pas partie avec Eric. Ou que Tyler ne l'aurait pas laissée partir…

— Malheureusement, la fierté est parfois aussi forte que l'amour, soupira Ada. Ce que tu as dit à Asher a dû la blesser profondément. Elle s'est certainement sentie trahie et blessée. Et elle a préféré partir pour sauvegarder un semblant de dignité.

— Si j'avais été à sa place, je l'aurais envoyée au diable ! s'exclama Jess.

— J'en suis sûre, acquiesça Ada en souriant. Et tu aurais dit ses quatre vérités à l'homme que tu aimais. Mais Asher est différente. Je crois que, d'une certaine façon, elle est beaucoup plus fragile que toi.

— C'est vrai, reconnut Jess. Tyler me l'a toujours

dit, d'ailleurs. Lorsque Asher et lui se sont remis en couple, je me sentais à la fois soulagée et terrifiée qu'elle puisse lui révéler ce que je lui avais dit. Mais, à présent, je sens bien que quelque chose ne va pas entre eux. Et je ne sais vraiment pas quoi faire…

— Je crois que tu devrais leur parler à tous les deux, déclara Ada. Leur dire la vérité au sujet de ce qui s'est passé, il y a trois ans. Ensuite, laisse-les régler cette histoire entre eux. Tu peux peut-être cicatriser les blessures que tu as causées autrefois, mais c'est à eux de régler leurs difficultés actuelles.

— Mais s'ils s'aiment vraiment…, commença Jess.

— Tu as déjà pris une décision pour eux, autrefois, l'interrompit Ada. Ne commets pas de nouveau la même erreur.

Asher était incapable de dormir. Chaque fois qu'elle parvenait à fermer les yeux, elle était réveillée en sursaut par les cauchemars qui la harcelaient. Elle avait perdu l'appétit et devait se forcer pour avaler la moindre bouchée de nourriture.

Sa forme physique s'en ressentait et seule la promesse qu'elle s'était faite de ne plus jamais renoncer l'empêcha de déclarer forfait pour le reste de la compétition. Avant les quarts de finale, elle resta dans les vestiaires jusqu'au dernier moment, évitant ainsi les fans, les journalistes et les autres joueurs.

Lorsqu'elle sortit enfin pour rejoindre le court, la chaleur et l'humidité lui donnèrent le vertige. S'efforçant de dominer cette sensation, elle se dirigea vers sa chaise et tenta vainement de se concentrer sur le match qu'elle s'apprêtait à disputer.

Hélas, l'épuisement et le désespoir qui l'habitaient l'empêchaient de faire le vide. Elle se sentait faible et épuisée, comme si sa rupture avec Tyler l'avait privée de toute énergie. Il lui semblait qu'elle avait perdu la partie la plus importante d'elle-même.

— Asher, fit une voix dans les tribunes, juste derrière elle.

Se tournant à demi, elle avisa Chuck qui la considérait d'un air préoccupé.

— Tu n'as pas l'air en forme, lui dit-il. Est-ce que tu es malade ?

— Je vais bien, mentit-elle.

Il l'étudia attentivement avant de froncer les sourcils.

— Tu es blafarde, insista-t-il.

— Ecoute, si je suis venue, c'est que je suis parfaitement capable de jouer. Maintenant, si cela ne t'ennuie pas, j'ai un match à disputer…

Sur ce, elle se leva et alla se positionner derrière la ligne de fond de court. Chuck n'eut besoin que de quelques échanges pour comprendre que quelque chose n'allait pas. Aussitôt, il partit à la recherche de Tyler.

Il finit par le trouver dans les vestiaires. Après son propre match, il s'y était réfugié pour éviter les micros des journalistes, les demandes d'autographes de ses fans et les félicitations des autres tennismen. Il n'était pas d'humeur à se réjouir.

La colère qui bouillonnait en lui depuis la veille n'avait pas faibli. Il ne se sentait même pas fatigué par les efforts qu'il venait de produire. En fait, il aurait volontiers disputé un autre match dans la foulée. Lorsqu'il entendit Chuck l'interpeller, il resta sous sa douche brûlante, les yeux clos.

— Tyler ! s'exclama son ami. Tu m'écoutes ? Il y a quelque chose qui ne va pas chez Asher.

Tyler ouvrit enfin les yeux et tourna vers Chuck un regard inexpressif.

— Et alors ? fit-il.

Chuck resta interdit durant quelques instants.

— Et alors ? répéta-t-il. As-tu écouté ce que je venais de te dire ?

— Oui.

— Elle a l'air malade, insista Chuck. Je viens juste de la voir et je pense vraiment qu'elle n'est pas en état de jouer. Jamais je ne l'ai vue comme cela.

Tyler résista à l'impulsion qui le poussait à aller s'assurer qu'Asher allait bien. Mais le souvenir de leur confrontation de la nuit précédente était encore vivace dans son esprit. D'un geste brusque, il ferma le robinet avant de s'emparer de sa serviette.

— Asher sait ce qu'elle fait, déclara-t-il. Elle est parfaitement capable de prendre ses décisions.

Chuck le contempla avec stupeur. Jamais il n'avait vu Tyler réagir aussi froidement. Et jamais il n'avait vu Asher s'emporter comme elle venait de le faire. Il était de plus en plus évident que tous deux s'étaient disputés.

— Mais que vous arrive-t-il ? s'exclama-t-il enfin. Je viens te dire que ta petite amie est malade et tu réagis comme si cela t'était égal !

— Ce n'est pas ma petite amie, déclara Tyler en se frictionnant énergiquement.

Chuck le suivit jusqu'à son vestiaire. Depuis qu'il s'était entraîné avec lui, ce matin même, il sentait que quelque chose n'allait pas. Habitué aux sautes d'humeur de son ami, il n'y avait guère prêté attention. Mais il était à présent convaincu que la situation était beaucoup plus grave qu'il ne l'avait imaginé.

— Ecoute, ce n'est pas parce que vous vous êtes disputés, tous les deux…

— Nous ne nous sommes pas disputés, l'interrompit Tyler en enfilant son jean. Je te l'ai dit : Asher n'est plus ma petite amie.

— Très bien, répliqua Chuck, provocateur. Dans ce cas, si le champ est libre, je vais peut-être tenter ma chance…

Furieux, Tyler le prit par le col de sa chemise et le plaqua contre une rangée de casiers. Dans ses yeux, Chuck avisa une lueur meurtrière. Mais il ne détourna pas le regard, bien décidé à découvrir le fin mot de cette histoire.

— Alors, comme cela, tu n'éprouves plus rien pour elle ? railla-t-il.

Tyler dut faire appel à toute sa volonté pour ne pas lever la main sur son ami. De nouveau, il sentait la rage l'envahir. Mais Chuck n'était pas responsable de cette situation. Il se força donc à le relâcher et à reculer d'un pas.

— Est-ce que tu comptes aller la voir ? lui demanda Chuck. Quelqu'un devrait lui parler avant qu'elle ne se blesse sérieusement. Et tu sais qu'elle ne m'écoutera pas…

Tyler ne répondit pas. D'un geste saccadé, il ramassa sa chemise et l'enfila. Chuck vit distinctement ses doigts qui tremblaient tandis qu'il attachait les boutons. La dernière fois qu'il avait vu son ami réagir de cette façon, c'était lorsque Asher l'avait quitté pour rejoindre Eric Wickerton.

— Est-ce que tu veux que nous en parlions ? demanda-t-il.

— Non, répondit Tyler d'une voix sourde.

Il parut hésiter avant de poursuivre.

— Tâche simplement de garder un œil sur elle, conclut-il.

Quelques instants plus tard, il avait quitté les vestiaires.

Asher savait pertinemment qu'elle était en train de perdre la partie. Elle avait épuisé ses maigres réserves d'énergie au cours du premier set qu'elle avait fait durer jusqu'au tie-break. Mais c'était Kingston qui avait fini par le remporter, déstabilisant ainsi un peu plus son adversaire.

Asher manquait de puissance et d'accélération et Kingston, en joueuse expérimentée, exploitait ces failles sans pitié. Et plus elle dominait, plus Asher avait du mal à se concentrer. Insidieusement, elle perdait pied, minée par le doute et la résignation. Il lui manquait sa motivation habituelle qui aurait pu l'aider à surmonter ses insuffisances.

Incapable de s'en empêcher, Tyler était venu jeter un coup d'œil au central. De l'entrée des vestiaires, il avait rapidement constaté que Chuck n'avait pas exagéré. Asher était pâle comme un linge. Elle était aussi beaucoup plus lente et plus imprécise que d'ordinaire.

Tyler dut faire un effort prodigieux pour résister à l'envie de lui faire un signe d'encouragement. Mais elle avait fait son choix, songea-t-il. Elle s'était débarrassée de leur bébé sans le consulter, sans même lui demander son avis. Hélas, cette certitude ne suffisait pas à anéantir les sentiments qu'il éprouvait pour elle.

Incapable de supporter le spectacle de sa déroute, il finit par se détourner et quitta le stade.

Lors du second set, Asher parvint à rassembler ses dernières bribes de volonté et de courage et à faire illusion. Mais à trois jeux partout, elle comprit qu'elle ne pourrait pas continuer très longtemps sur ce rythme. Si elle voulait avoir la moindre chance de l'emporter, il allait très vite lui falloir trouver une faille dans le jeu de Kingston.

Faisant appel à ses ultimes ressources, elle se prépara à servir. Derrière la ligne, elle se força à respirer profondément, suivant des yeux la balle qu'elle faisait rebondir devant elle pour faire le vide dans son esprit. Mais les paroles de Tyler ne cessaient de lui revenir à la mémoire, parasitant sa concentration.

Son premier service atterrit dans le filet et elle ne put s'empêcher de jurer, à la grande surprise des observateurs qui ne l'avaient jamais vue perdre son sang-froid légendaire. Son second service fut redoutable et Kingston ne parvint pas même à effleurer la balle du bout de sa raquette.

Réprimant un cri de joie, Asher songea qu'elle avait peut-être encore une chance. Mais son service suivant fut bien moins convaincant et son adversaire y répondit par un retour fracassant. Asher parvint à renvoyer la balle *in extremis*, mais Kingston avait pris l'avantage.

Elle fit courir Asher d'un bout à l'autre du terrain,

lui imposant un défi physique auquel elle n'était pas en état de répondre. Asher tenta de contre-attaquer en montant au filet. Mais Kingston lui décocha un passing-shot meurtrier qui força la jeune femme à reculer brusquement.

Elle se jeta sur la balle qu'elle renvoya tant bien que mal avant de s'écrouler sur sa lancée. Le retour de Kingston fut impitoyable. Pendant plusieurs secondes, Asher resta au sol, épuisée. Puis elle parvint à se remettre péniblement debout. Mais sa confiance était définitivement brisée et Kingston n'eut aucun mal à conclure une partie qui ressemblait de plus en plus à un jeu de massacre.

Asher dormit pendant vingt-quatre heures d'affilée. Lorsqu'elle se réveilla dans son lit qui lui paraissait brusquement trop grand pour elle, elle réalisa que la perte de ce match et du grand chelem ne l'attristait pas autant qu'elle aurait pu l'imaginer.

L'important, c'était qu'elle soit allée jusqu'au bout, qu'elle ait refusé de baisser les bras. Elle avait même accepté de répondre aux questions des journalistes. A ceux d'entre eux qui lui avaient demandé si elle était malade, elle avait répondu que tel n'était pas le cas et qu'elle était parfaitement apte physiquement à disputer ce match.

Elle ne tenait pas à se réfugier derrière de fausses excuses. Si elle avait perdu, c'est parce qu'elle n'avait pas su trouver les ressources nécessaires pour faire face à son adversaire. Le reste n'avait aucune importance.

Lorsqu'elle émergea enfin de son sommeil, Asher se redressa sur son lit et ne put réprimer une grimace douloureuse. Ses muscles endoloris la faisaient horriblement souffrir. Et si l'exaltation de la victoire avait souvent le don de lui faire oublier ce genre de désagrément, il n'en allait pas de même cette fois-ci.

En fait, l'absence de matchs à venir et de défis à relever la désorientait quelque peu. Bientôt, ce serait la fin de la saison et elle ne savait même pas où elle irait s'installer. Repoussant ces questions, elle s'allongea dans la baignoire et laissa l'eau brûlante dénouer ses muscles.

Elle n'entendit pas frapper à la porte et, lorsque le téléphone sonna, elle préféra ne pas répondre, n'aspirant qu'au calme et à la tranquillité. Elle avait besoin d'encore un peu de temps avant de réintégrer le monde réel…

Jess raccrocha le téléphone après avoir laissé sonner une dizaine de fois. Où pouvait donc être Asher ? Elle n'avait apparemment pas quitté son hôtel, mais ne répondait ni au téléphone ni à la porte depuis plus d'une journée. Inquiète, Jess avait voulu prévenir Tyler, mais celui-ci refusait catégoriquement d'entendre parler de la jeune femme.

Jess était pourtant bien décidée à lui avouer l'erreur qu'elle avait commise, trois ans auparavant. Cela faisait bien trop longtemps qu'elle se taisait par crainte de perdre l'affection de son frère. Mais depuis qu'elle avait discuté avec sa mère, elle savait qu'elle n'avait d'autre choix que de lui parler.

Et elle avait résolu de le faire après sa demi-finale, quel qu'en soit le résultat. Elle se rendit donc au stade où elle assista au match. Tyler fit preuve de la même férocité qu'en quarts de finale. Et le résultat fut aussi implacable. Très fière de lui mais terrifiée à l'idée qu'il pourrait la haïr pour ce qu'elle avait fait, elle attendit avec impatience la fin de la conférence de presse.

Lorsqu'il émergea enfin du bâtiment où étaient réunis les journalistes, elle se dirigea vers lui, le cœur battant à tout rompre.

— Ty, il faut que je te parle, lui dit-elle.

— Tu es sûre que cela ne peut pas attendre ? soupira-t-il. Je n'ai qu'une envie, c'est d'aller me coucher.

— C'est important, insista-t-elle. Si tu veux, je te ramène en voiture. Tu n'auras qu'à m'écouter.

— Ecoute, Jess…

— S'il te plaît, l'interrompit-elle.

Il sentit l'urgence qui perçait dans sa voix et la suivit jusqu'à sa voiture. Pour la première fois de sa vie, il regrettait que sa famille soit venue assister à un tournoi. Jusqu'alors, il avait réussi à les éviter, expliquant qu'il était fatigué ou qu'il devait s'entraîner. Bien sûr, il savait que sa mère n'était pas dupe, mais elle respectait trop son indépendance pour le presser de questions.

Martin, au contraire, ne s'était rendu compte de rien, bien trop enthousiasmé par les résultats de son protégé pour sentir que quelque chose n'allait pas. Il ne cessait de chanter les louanges de Tyler et de lui poser toutes sortes de questions sur les matchs qu'il avait disputés.

Mais le plus dur, c'était de voir son neveu, si plein d'entrain et de bonne humeur. Chaque fois que Tyler posait les yeux sur lui, il ne pouvait s'empêcher de penser à cet enfant qu'il aurait pu avoir et ne connaîtrait jamais.

Repoussant les idées sombres qui le harcelaient, il attendit patiemment que sa sœur lui dise ce qu'elle avait sur le cœur. Finalement, elle prit une profonde inspiration et se jeta à l'eau.

— Il y a certaines choses que je veux te dire, expliqua-t-elle. Et j'aimerais que tu m'écoutes attentivement avant de dire quoi que ce soit.

— Je n'ai pas le choix, remarqua-t-il. Tu m'as quasiment enlevé…

Elle hésita quelques instants, comme si elle cherchait ses mots puis elle commença la confession qu'elle avait si souvent repoussée. Lorsqu'elle en vint à parler de l'été où Asher l'avait quitté, Tyler fit mine de protester. Il n'avait pas envie qu'on lui rappelle cette période de sa vie, surtout depuis qu'il connaissait la vérité au sujet de leur enfant.

Mais Jess lui intima le silence et poursuivit son récit. Tyler soupira et se résigna à l'écouter. Lorsqu'elle mentionna le fait qu'elle était allée voir Asher, il lui jeta un regard étonné. Puis elle entreprit de lui répéter ce qu'elle avait dit à la jeune femme et l'étonnement céda la place à la colère.

Jess le sentit mais se força à continuer. Il était trop tard pour faire marche arrière, à présent.

— Sur le coup, poursuivit-elle, elle n'a pas réagi à ce que je lui disais. Elle paraissait très calme, parfaitement maîtresse d'elle-même. Et cela n'a fait que confirmer ce que je pensais, à savoir qu'elle était froide et dépourvue de tout sentiment à ton égard. Je ne savais pas à l'époque que les gens ont tous des façons très différentes de manifester leurs émotions. Mac, par exemple, est quelqu'un de très pudique…

Jess marqua une pause, guettant une réaction de la part de son frère. Mais il semblait s'être muré dans un silence glacé qui ne fit qu'accroître son angoisse.

— Lorsque j'y repense aujourd'hui, reprit-elle courageusement, je me souviens qu'elle était très pâle, très silencieuse… Ce n'était sans doute pas de l'indifférence, mais l'effet du choc que je lui avais causé. Elle m'a écoutée attentivement, sans jamais élever la voix ou verser une larme. Mais, au fond, elle devait souffrir terriblement...

La voix de Jess se brisa. Tyler ne disait toujours rien.

— Je ne voulais que ton bien, soupira-t-elle. Je pensais qu'elle ne t'aimait pas et qu'elle te faisait souffrir. D'une certaine façon, je crois que j'essayais de te rendre service, de te rendre un peu de ce que tu m'avais donné... Je m'étais convaincue que je lui disais ce que tu n'osais pas lui dire toi-même. Peut-être y avait-il aussi de la jalousie. Peut-être avais-je peur que tu m'aimes moins... En tout cas, j'étais persuadée qu'Asher ne t'aimait pas assez. Et le fait qu'elle se remarie aussi vite par la suite m'a confortée dans cette idée...

Elle s'interrompit, incapable de réprimer les larmes qui lui montaient aux yeux. Craignant de perdre le contrôle de son véhicule, elle se rangea contre le trottoir le plus proche et coupa le moteur.

— Je sais aujourd'hui que je n'avais pas le droit d'agir comme je l'ai fait, conclut-elle. Je sais aussi que mes excuses ne serviront à rien, mais il fallait que je te le dise. Je suis désolée...

Un silence de plomb pesa sur eux. Les yeux de Tyler brillaient d'une colère qu'il avait visiblement beaucoup de mal à réprimer.

— Qu'est-ce qui t'a fait croire que tu pouvais

te mêler de ma vie de cette façon ? s'exclama-t-il enfin d'une voix vibrante de rage.

— J'ai eu tort, soupira Jess. Crois-moi, je m'en suis voulu pendant des années…

— Sais-tu seulement à quel point tu as gâché ma vie ? articula Tyler. Sais-tu combien j'ai souffert, lorsqu'elle est partie ?

— Oui, murmura Jess.

— Je comptais demander Asher en mariage, ce soir-là, reprit-il d'un ton glacé. Mais lorsque je suis rentré à notre chambre d'hôtel, c'est toi que j'ai trouvée. Et tu m'as dit qu'elle était partie avec Wickerton…

Jess était incapable de retenir ses larmes, à présent.

— Je n'ai jamais imaginé qu'elle était si importante à tes yeux, plaida-t-elle d'une voix brisée. Jamais je n'aurais cru que tu voulais l'épouser…

— Elle était tout ce que je désirais, répondit Tyler, rageur. Tout, tu comprends ? Et si j'étais si nerveux et si inquiet, à l'époque, c'était parce que je n'étais pas sûr qu'elle accepterait de se marier avec moi ! A présent, je ne saurai jamais si elle l'aurait fait…

— Tyler, si tu veux que j'aille la voir et que je lui explique tout, je le ferai.

Il hésita puis songea à leur enfant.

— Non, répondit-il. C'est inutile. Il y a d'autres

choses bien plus graves qui nous séparent, aujourd'hui…

— Je pourrais peut-être…

— Tu en as déjà assez fait comme cela, l'interrompit Tyler. Ne te mêle plus de mes affaires. Et je t'interdis de parler à Asher !

— Très bien, soupira sa sœur. Si c'est vraiment ce que tu veux…

— C'est ce que je veux, confirma-t-il.

— Mais tu l'aimes encore, n'est-ce pas ?

Tyler n'hésita pas un seul instant avant de lui répondre.

— Oui, dit-il. Je l'aime. Mais cela ne suffit pas toujours, Jess. Il y a certaines choses que l'on ne peut pardonner, même par amour…

— De quoi parles-tu ?

— De quelque chose qu'elle m'a pris et qu'elle ne pourra jamais me rendre, répondit-il en ouvrant sa portière. Je crois que je vais rentrer à pied, ajouta-t-il. J'ai besoin de marcher…

— Tyler, fit Jess en posant la main sur l'avant-bras de son frère, est-ce que tu veux que je rentre en Californie ? Je ne resterai pas si tu préfères que je parte.

— Fais ce que tu veux, répondit-il. Je m'en moque.

Il vit un éclair douloureux passer dans ses yeux et réprima un juron. Il avait passé sa vie entière à la protéger et, s'il se retournait contre elle aujourd'hui, il risquait de lui faire énormément de mal.

— Oublie cette histoire, Jess, soupira-t-il. C'est du passé…

Sur ce, il quitta la voiture en espérant que lui-même serait capable de mettre en application ce sage conseil.

# *Chapitre 11*

Asher était assise sur son lit et suivait la finale masculine de l'US Open. Elle n'avait pas besoin des commentaires des journalistes sportifs pour analyser chaque service, chaque coup, chaque faute. Et si elle n'avait pas osé prendre place dans les tribunes du court central, elle n'avait pu renoncer complètement à voir jouer Tyler.

Les gros plans lui permirent d'analyser précisément l'état d'esprit dans lequel il se trouvait. Si son regard trahissait un mélange de fatigue et de tension, sa concentration était sans faille. Et, malgré les nombreux matchs qu'il avait disputés au cours de cette saison, il paraissait doté d'une indomptable énergie.

Chaque fois que le réalisateur repassait l'un de ses coups au ralenti, Asher était stupéfaite par la maîtrise technique dont il faisait preuve. Chacun de ses mouvements était parfaitement dosé et l'on sentait en lui un mélange extraordinaire de puissance et de contrôle.

Ses premiers services dépassaient régulièrement les deux cents kilomètres-heure. Ses retours étaient fulgurants. Et il ne semblait jamais faiblir, jamais relâcher la pression qu'il exerçait sur Chuck. Ce dernier jouait merveilleusement bien, mais ce n'était pas suffisant pour résister à la maestria de son adversaire.

Asher finit par se demander si c'était vraiment la finale qui inspirait à Tyler une telle intensité. Il y avait de la rage dans sa façon de jouer et elle songea qu'elle en était probablement en partie responsable. Si tel était le cas, cela signifiait qu'il était en train de réussir ce qu'elle n'avait pas su faire : sublimer sa colère et sa frustration pour les transformer en énergie brute.

A un moment, l'arbitre signala une faute très discutable à l'encontre de Tyler. Celui-ci lui jeta un regard noir que le réalisateur prit soin de cadrer en gros plan. En avisant la fureur qui brillait dans ses yeux, Asher ne put s'empêcher de frissonner. C'était exactement la même que celle que lui avait inspirée sa terrible confession.

Le cœur battant, elle s'attendait à ce qu'il perde son calme et cède à l'un de ces accès de rage dont il était coutumier autrefois. Mais il n'en fit rien. Après avoir pris une profonde inspiration, il alla se replacer derrière la ligne de fond de court sans même prendre la peine de faire appel de la décision de l'arbitre.

Cette faute marqua un tournant dans le match. A partir de ce moment-là, le jeu de Tyler se fit plus incisif encore. Il était sur toutes les balles, se déplaçant à la vitesse de l'éclair et se replaçant instantanément. Il alternait avec un art consommé les coups droits, les revers, les passing-shots, les volées et les lobs.

C'était un véritable tour de force, une démonstration impeccable de tennis qu'il livrait avec une apparence de facilité aussi trompeuse que déconcertante. Chaque fois, il parvenait à pousser Chuck à la faute. Il lui imposait son rythme.

C'était un bras de fer stupéfiant, une véritable leçon. Jamais, sans doute, Tyler n'avait joué aussi bien. Et Chuck, malgré sa grande expérience et la connaissance aiguë qu'il avait de son adversaire, était visiblement dépassé.

Asher aurait aimé être sur place pour pouvoir partager ce moment avec la foule hystérique qui manifestait bruyamment son admiration. Mais elle était convaincue que Tyler ne voulait pas d'elle dans les tribunes. Il n'était pas le genre d'homme à se contenter de demi-mesures. Il admirait ou méprisait, aimait ou détestait.

A présent, il avait tiré un trait sur leur relation. Il fallait qu'elle s'y résigne. Le plus simple aurait sans doute été de renoncer une fois de plus à sa carrière. Mais, en quittant Eric, elle avait décidé que plus jamais un homme ne lui dicterait ce qu'elle devait faire.

Serrant les dents, elle décida donc de se battre.

Elle ne laisserait pas Tyler l'écarter de sa vie sans réagir. Et même si son combat était condamné d'avance, elle ferait tout ce qu'elle pourrait pour le convaincre que tous deux avaient encore une chance.

Elle trouverait bien un moyen de lui parler et ferait en sorte qu'il l'écoute. Et s'il ne voulait plus la voir, c'était tant pis pour lui…

Comme elle se faisait cette réflexion, elle entendit frapper à sa porte. Surprise, elle alla ouvrir, se demandant qui pouvait bien lui rendre visite. Lorsqu'elle découvrit l'identité de son visiteur, son étonnement se mua en véritable stupeur.

— Papa ? articula-t-elle.

— Est-ce que je peux entrer ? demanda-t-il d'une voix distante qui trahissait néanmoins un léger malaise.

Il n'avait pas changé, réalisa-t-elle. Il était aussi grand, aussi mince et aussi bronzé. Ses cheveux blonds s'ornaient à présent de quelques mèches grises, mais il était toujours l'homme qu'elle avait connu et aimé, celui qu'elle avait perdu sans jamais s'y résigner vraiment.

— Je suis tellement contente de te voir, lui dit-elle d'une voix enrouée par l'émotion.

Elle lui prit la main et le fit entrer dans la suite.

— Assieds-toi, lui dit-elle en désignant le coin salon.

Il prit place sur l'un des fauteuils et un silence gêné s'installa.

— Tu veux boire quelque chose ? demanda-t-elle pour le dissiper. Un café ? Un whisky ?

— Non, merci, répondit Jim Wolfe en observant attentivement sa fille.

Elle était plus mince que dans son souvenir et elle paraissait aussi nerveuse que lui. Depuis que Tyler l'avait appelé, il n'avait cessé de penser à elle, mais rien ne l'avait préparé à se retrouver en tête à tête.

— Je voulais te dire que j'étais très fier de la façon dont tu as joué durant cette saison, lui dit-il enfin.

Il était toujours un peu distant, réalisa Asher. Puis elle songea que cela n'avait rien d'étonnant, étant donné les années qui s'étaient écoulées depuis leur dernière rencontre.

— Merci, lui dit-elle.

— Je suis très fier de ton dernier match, notamment, ajouta-t-il.

— J'ai perdu pourtant, lui rappela-t-elle.

— Peut-être. Mais tu as disputé chaque point alors que tu n'étais visiblement pas en état de le faire.

— Je n'étais pas malade, remarqua Asher. Si je suis venue sur le court…

— C'est que tu étais en état de le faire, acquiesça-t-il. Je vois que tu n'as pas oublié mes leçons.

— C'est une question de fierté et de sportivité, lui rappela-t-elle, citant les mots qu'elle avait si souvent entendus dans sa bouche lorsqu'elle était plus jeune.

Jim hocha la tête. Au moins, elle n'avait pas perdu de vue ses valeurs de sportive, songea-t-il. Hélas, celles-ci ne s'étendaient pas à sa vie privée…

— Je ne pensais pas venir te voir, lui dit-il.

Elle ne réagit pas à la dureté qui perçait dans sa voix.

— Qu'est-ce qui t'a fait changer d'avis ? s'enquit-elle.

— Ton dernier match, en partie.

— Je vois, soupira-t-elle. Il a fallu que je perde pour que tu acceptes de me parler de nouveau…

Il y avait de l'amertume dans son ton, mais elle ne chercha pas à la dissimuler. Car, si elle aimait toujours son père, elle ne pouvait prétendre désormais éprouver à son égard cette adoration inconditionnelle qu'elle lui vouait autrefois.

— Pendant toutes ces années, j'avais besoin de toi, reprit-elle. J'ai attendu, espérant que tu me pardonnerais enfin. Mais tu n'en as rien fait.

— Ce n'était pas facile à pardonner, Asher, remarqua Jim en se levant.

Il réalisait combien elle avait changé. Elle était devenue bien plus forte et il n'était pas sûr de savoir comment s'adresser à cette femme qu'il ne connaissait pas.

— Pas plus qu'il n'a été facile pour moi d'accepter le fait que tu me voies comme une sportive plus que comme une enfant.

— Ce n'est pas vrai ! protesta Jim.

— Vraiment ? fit-elle en le défiant du regard. Tu m'as pourtant bannie de ta vie parce que j'avais choisi de renoncer à ma carrière. Et lorsque je souffrais, tu ne m'as pas tendu la main une seule fois. Je n'avais personne d'autre que toi vers qui me tourner et tu m'as laissée tomber…

— J'ai essayé de te comprendre, soupira-t-il. Je me suis résigné à ton mariage avec cet homme que je n'appréciais guère. Je t'ai vue renoncer à ce que tu aimais pour jouer un rôle qui ne te ressemblait pas…

— Je n'avais pas le choix, remarqua Asher.

— Pas le choix ? répéta Jim sur le ton de la dérision. Bien sûr que tu l'avais ! Personne ne te forçait à renoncer à ta carrière pour endosser un titre de noblesse. Et je ne parle pas de ce que tu as fait de cet enfant…

— Comment peux-tu dire une chose pareille ? s'exclama Asher. Comment peux-tu m'accuser de cette façon alors que tout ce dont je suis coupable, c'est d'avoir fait preuve de quelques secondes d'inattention ?

— D'inattention ? C'est ainsi que tu qualifies la conception de ton enfant ?

Asher le dévisagea avec stupeur.

— Bien sûr que non ! s'exclama-t-elle. Je parlais du fait de l'avoir perdu… Si je ne m'étais pas mise dans un état pareil, j'aurais fait plus attention à ce que je faisais et je ne serais pas tombée. Je n'aurais pas perdu le bébé de Tyler…

Sa voix se brisa. Ce fut au tour de Jim de la contempler avec stupeur.

— Je ne comprends pas, articula-t-il d'une voix blanche.

Il passa une main sur son visage, s'efforçant de donner un semblant de sens à ce qu'elle venait de lui dire.

— Asher, es-tu en train de me dire que tu as fait une fausse couche ? Et que ce bébé était celui de Tyler ?

— Evidemment, répondit-elle. C'est ce que je t'ai écrit…

— Je n'ai jamais reçu la moindre lettre, répondit Jim, blafard. Eric m'a dit que tu avais avorté. Et que le bébé était de lui…

Pendant plusieurs secondes, Asher ne dit pas un mot. Elle avait trop de mal à digérer l'énormité de cette révélation. Avisant la stupeur qui se lisait dans son regard, Jim se sentit soudain très vieux.

— Il m'a dit que tu avais avorté sans même le consulter, reprit-il. Il paraissait effondré et je l'ai cru… Je l'ai cru, répéta-t-il comme s'il ne parvenait pas à le concevoir.

— Mon Dieu, murmura Asher, les yeux agrandis par le choc qu'il venait de lui infliger.

— Il m'a appelé de Londres, expliqua Jim. Il paraissait fou de chagrin. Il m'a dit que tu ne l'avais mis au courant de la situation qu'une fois que tout était terminé. Il a prétendu que tu ne voulais pas d'un enfant qui aurait pu ruiner ta vie sociale…

— Je n'arrive pas à y croire, murmura Asher, partagée entre la stupeur et la colère. Jamais je n'aurais cru qu'il puisse être aussi cruel…

Lentement, elle commençait à réaliser ce qui s'était réellement passé. Lorsqu'elle avait appelé son père en sortant de la clinique, il lui avait dit qu'il désapprouvait ce qu'elle avait fait. Elle avait imaginé qu'il faisait allusion à la décision qu'elle avait prise de mettre fin à sa carrière. Puis il avait tout bonnement refusé de répondre à ses coups de téléphone.

A maintes reprises, elle lui avait donc écrit. Il n'avait répondu à aucune de ses lettres et elle avait fini par renoncer. Mais Eric avait probablement intercepté toutes ses lettres, l'empêchant ainsi de détromper son père.

— Ce n'est pas possible, souffla-t-elle. Comment as-tu pu croire pendant toutes ces années que j'étais capable d'une chose pareille ?

— Je suis désolé… Mais il était si convaincant…

Et cela paraissait cohérent avec les choix de vie que tu avais faits.

— Des choix de vie qu'il m'avait imposés, objecta Asher.

— Je crois que tu ferais mieux de tout me raconter depuis le début, soupira son père.

Asher hocha la tête et entreprit de le faire. Elle n'omit aucun détail, de sa conversation avec Jess à sa récente rupture avec Tyler. Jim l'écouta attentivement, se maudissant intérieurement pour ne pas l'avoir fait avant. Il avait honte de ne pas lui avoir accordé le bénéfice du doute et d'avoir accepté pour argent comptant ce que lui disait Wickerton.

— Mon Dieu !, s'exclama brusquement Asher. Mais si Eric t'a menti, il a probablement fait de même avec Tyler. Lui aussi doit être convaincu que j'ai avorté…

Jim détourna les yeux.

— En fait, c'est moi qui le lui ai dit, avoua-t-il.

— Toi ? s'exclama-t-elle, incrédule. Mais pourquoi ?

— Il m'a appelé en pleine nuit, il y a quelque temps. Il voulait me convaincre de reprendre contact avec toi. Je lui ai alors expliqué pourquoi je refusais de le faire…

— Oh, non, murmura Asher, horrifiée. Tu lui as dit que j'avais avorté et moi que le bébé était de lui. Je comprends à présent pourquoi il me hait à ce point…

Elle s'interrompit, abasourdie par l'ampleur du quiproquo.

— Il faut absolument que j'aille le voir et que je lui explique tout, dit-elle.

Joignant le geste à la parole, elle se dirigea vers la porte de la chambre.

— Je vais l'attendre à la sortie du stade. Je trouverai bien un moyen de le convaincre de m'écouter…

— Le match est terminé, remarqua Jim en désignant l'écran de télévision. Tu ne seras jamais là-bas à temps.

— Mais je ne sais pas où il séjourne depuis qu'il est parti d'ici. Je ferais bien d'appeler Madge. Elle, au moins, doit être au courant.

Faisant volte-face, elle se dirigea vers le téléphone qui était posé sur la table de nuit.

— Asher, murmura alors son père en lui tendant la main, pourras-tu me pardonner le mal que je t'ai fait ?

Elle reposa le combiné qu'elle venait de décrocher et, ignorant sa main, elle se jeta dans ses bras pour le serrer contre elle de toutes ses forces.

Il était presque minuit lorsque Tyler regagna enfin sa chambre d'hôtel. Il avait passé les quatre dernières heures à boire verre sur verre lors de la soirée organisée en son honneur. Après tout, ce n'était pas tous les jours que l'on remportait le grand chelem, se dit-il en fouillant ses poches à la recherche de ses clés.

Ce n'était pas non plus tous les jours qu'une dizaine de femmes différentes lui proposaient à mots plus ou moins couverts de partager leur lit. Et il avait décliné toutes ces propositions, si tentantes soient-elles, à cause d'une autre femme dont il ne savait plus s'il l'aimait ou s'il la haïssait.

Tout au long de la réception, il avait tenté de se convaincre qu'il buvait pour célébrer sa victoire et non pour oublier Asher. N'était-il pas le héros de la soirée ? Un gamin des quartiers difficiles de Chicago qui avait atteint les plus hauts sommets dans le domaine qu'il avait choisi ?

Mais pourquoi était-il le seul à ne pas s'en réjouir ? Pendant toute la soirée, il avait été félicité, congratulé, encensé. Et il avait eu l'impression déroutante que ces compliments s'adressaient à quelqu'un d'autre…

Il lui fallut se battre avec sa clé pour parvenir à la faire entrer dans la serrure. En titubant, il pénétra dans sa chambre et jeta son trousseau sur la moquette. Tout en se dirigeant vers son lit, il se défit de sa chemise.

Une chose, au moins, était certaine : il avait beaucoup trop bu. Et, avec un peu de chance, cela lui permettrait peut-être de trouver le sommeil. Et de ne pas rêver d'Asher.

Comme il se faisait cette réflexion, une lumière s'alluma dans la chambre, l'aveuglant. En gémissant, il abrita ses yeux.

— Eteignez ça ! marmonna-t-il sans même savoir à qui il s'adressait.

— Je vois que tu as fêté dignement ta victoire...

La voix d'Asher suffit presque à le dessoûler. Plissant les yeux, il se tourna vers elle et la découvrit, assise sur l'un des fauteuils du petit salon. Elle était plus désirable que jamais.

— Qu'est-ce que tu fiches ici ? articula-t-il d'une voix très approximative.

— On dirait que tu es bien imbibé, remarqua-t-elle avec un petit sourire.

Elle se leva et s'avança vers lui.

— Je tenais à te féliciter pour la façon dont tu as joué aujourd'hui, lui dit-elle. J'ai rarement vu un match aussi passionnant...

— Va-t'en ! s'écria Tyler, furieux. Je ne veux pas de toi ici !

— Je devrais peut-être commander du café bien fort, répondit-elle sans se démonter. Il faut absolument que nous parlions, toi et moi...

— Je t'ai dit de sortir ! Et tu ferais mieux de t'exécuter avant que je ne perde complètement mon calme et que je ne lève la main sur toi.

Le cœur d'Asher battait à tout rompre, mais elle refusa de se laisser intimider.

— Je partirai lorsque nous aurons fini de discuter, lui dit-elle.

— Tu ne te rends pas compte de ce que tu risques en restant ici ! s'exclama-t-il en la prenant par les épaules.

— Je le comprends parfaitement, au contraire, répondit-elle d'une voix posée. Mais je veux que tu m'écoutes avant de faire quoi que ce soit…

— Je ne veux pas t'écouter ! s'écria-t-il. Pars avant que je ne perde le peu de self-control qui me reste…

— Je ne peux pas, insista-t-elle en posant doucement sa main sur sa joue.

Tyler la dévisagea en silence et, pendant quelques instants, elle crut qu'il allait la frapper. Mais, au lieu de cela, il la prit dans ses bras et l'embrassa sauvagement. Il n'y avait aucune douceur dans ce baiser. Il était l'expression du désir irrépressible qu'elle lui inspirait tout autant que du désespoir qu'il éprouvait de ne pouvoir le dominer.

Leurs dents s'entrechoquèrent tandis que leurs langues se mêlaient. Asher sentait l'alcool qu'il avait bu, ainsi que la colère qui l'habitait. Lorsqu'elle essaya de détourner la tête, il prit son visage entre ses mains et l'en empêcha.

L'odeur de la jeune femme l'emplissait. C'était un subtil mélange de chair brûlante, de parfum et de peur qui le rendait fou. Elle émit un petit gémissement de douleur mêlée de désir puis cessa brusquement de lutter, s'abandonnant à son étreinte.

Sans même s'en rendre compte, il se fit plus doux. De punition, ses gestes devinrent caresses. Il se noyait sans espoir de rémission, couvrant sa peau de petits baisers. Il réalisa alors combien elle lui avait manqué et combien il était devenu dépendant d'elle.

— Je ne peux pas vivre sans toi, murmura-t-il d'une voix rauque.

Il s'agenouilla sur l'épaisse moquette de la chambre, l'entraînant avec lui. Tous deux roulèrent sur le sol, enlacés, se dévorant de baisers fiévreux qui enflammaient leurs sens. Tyler était incapable de penser, incapable de lutter contre l'envie irrépressible qu'il avait d'elle.

Les mains d'Asher couraient sur son corps, éveillant en lui de puissants frissons qui se communiquaient au plus profond de son être. Sa respiration haletante prouvait mieux que des mots le besoin impérieux qu'elle avait de lui.

Lorsqu'il l'embrassa de nouveau, elle gémit. Plongeant ses doigts dans ses cheveux, elle l'attira plus près encore, guidant ses gestes. Puis, ivres l'un de l'autre, ils perdirent toute retenue.

Tyler savait qu'il faisait preuve de lâcheté, qu'il aurait dû la reconduire à la porte et ignorer le désir qui le submergeait à présent. Mais l'attirance qu'elle exerçait sur lui était bien trop forte pour que sa raison puisse l'emporter. Sans elle, il se sentait incomplet. Elle s'était immiscée au plus profond de lui, s'inscrivant dans sa chair et dans ses os. Et se priver d'elle revenait à se priver d'une partie de lui-même.

Incapables de se dominer, ils se déshabillèrent fiévreusement. Sans même prendre le temps de caresser ce corps qui le rendait fou, il entra en elle, lui arrachant un cri d'extase.

Leurs mouvements s'accordèrent instantanément. Tyler plongeait au plus profond d'elle et elle se creusait pour l'accueillir. Leurs respirations haletantes ponctuaient le rythme effréné de cette étreinte. Puis une vague de plaisir les submergea, les emportant tous deux comme des fétus de paille entraînés par la tempête.

Pendant de longues minutes, ils restèrent immobiles. Tyler avait roulé sur le dos et contemplait le plafond de la chambre, se demandant comment il avait pu se montrer aussi faible. Comment pouvait-il partager un moment si intense avec une femme qui lui avait volé la chair de sa chair sans même lui en parler ?

Une autre question l'obsédait, terriblement angoissante. Parviendrait-il vraiment à vivre sans Asher alors que tout son être le poussait vers elle ?

— Tyler, murmura-t-elle en effleurant son épaule.

— Ne me touche pas, articula-t-il, craignant de succomber une fois encore au désir qu'il avait d'elle. Et habille-toi, pour l'amour du ciel !

Lui-même se redressa péniblement et enfila son jean d'une main tremblante.

— Est-ce que tu es venue en voiture ? lui demanda-t-il.

— Non, répondit Asher.

Elle se redressa et passa la main dans ses cheveux en bataille. Elle était magnifique, songea-t-il avec une pointe de désespoir. Et sa nudité était un appel puissant auquel tous ses sens commençaient déjà à répondre.

— Je vais appeler un taxi, déclara-t-il.

— Ce n'est pas la peine…

Un long silence s'ensuivit. Tandis qu'elle se rhabillait, Tyler détourna les yeux, évitant soigneusement son regard.

— Je sais que tu es désolé de ce qui vient de se passer, lui dit-elle enfin.

— Je ne m'excuserai pas, répliqua-t-il d'un ton rogue.

— Je ne te le demande pas. Et je tiens à te dire que je ne le regrette pas non plus. Je t'aime, Tyler. Et faire l'amour avec toi n'est que l'une des façons dont je compte te le montrer. Mais je suis aussi venue ici pour te dire certaines choses que tu dois impérativement savoir. Lorsque j'en aurai fini, je partirai et je te laisserai y réfléchir calmement…

— Ne comprends-tu pas que je ne veux plus réfléchir ? Que j'aimerais ne plus penser à toi ?

— Je te promets que c'est la dernière chose que je te demanderai.

Tyler hésita. Il y avait quelque chose de pressant dans la voix d'Asher et il comprit que ce qu'elle s'apprêtait à lui dire était d'une importance capitale.

— Très bien, soupira-t-il.

Il passa la main sur son visage. La colère et la passion qui s'étaient tour à tour emparées de lui avaient dissipé les effets de l'alcool et il se sentait étrangement fragile.

— Moi aussi, j'ai quelque chose à te dire, reprit-il. Ce que t'a dit Jess, il y a trois ans, était pure invention de sa part. Je l'ignorais jusqu'à ce qu'elle me l'avoue, il y a trois jours. Je crois qu'à sa façon, elle essayait de me protéger.

— Je ne comprends pas, murmura Asher, surprise.

Tyler se tourna enfin vers elle et lui décocha un sourire sans joie.

— As-tu vraiment cru que je m'étais lassé de toi ? Que je cherchais une façon de mettre fin à notre relation ?

Asher ouvrit la bouche pour lui répondre mais

la referma presque aussitôt. Qu'aurait-elle bien pu répondre à cela ?

— Apparemment, oui, soupira Tyler. A moins que les paroles de Jess n'aient ravivé les doutes que toi, tu entretenais au sujet de notre couple. Cela expliquerait pourquoi tu t'es jetée dans les bras de Wickerton alors que tu étais enceinte de mon enfant.

— Je ne le savais pas lorsque j'ai épousé Eric, protesta Asher.

Il haussa les épaules, marquant le peu de crédit qu'il accordait à ses affirmations. Furieuse, elle le prit par le bras et le fusilla du regard.

— C'est la vérité ! s'exclama-t-elle. D'ailleurs, si je l'avais su, je ne serais probablement pas partie… Mais tu as en partie raison : avant même que Jess ne vienne me parler, j'avais des doutes. Je pensais que tu ne m'aimais plus.

— Qu'est-ce qui a bien pu te faire croire une chose pareille ?

— Depuis quelques semaines, tu n'étais plus le même. Tu paraissais broyer du noir et tu passais de plus en plus de temps sans moi…

— C'est vrai, admit-il. Et sais-tu pourquoi ? Parce que je me demandais ce que tu penserais d'une demande en mariage ! Parce que je n'étais pas sûr du tout qu'une fille de la haute société comme toi accepterait d'épouser quelqu'un comme moi.

Asher resta longuement silencieuse, trop stupéfaite pour émettre le moindre mot. De tous les malentendus qui les avaient séparés, celui-ci était sans doute le plus cruel.

— Tu voulais vraiment te marier avec moi ? parvint-elle à articuler.

— Oui. J'ai même gardé la bague que je voulais t'offrir…

Pour quelque obscure raison, le fait qu'il ait été jusqu'à lui acheter une alliance la bouleversa plus encore que son aveu. Peut-être parce que cela lui prouvait de façon irréfutable la réalité de ses sentiments et l'énormité de ce quiproquo.

— Je ne cessais de penser à la meilleure façon de faire ma demande, reprit-il. J'avais même envisagé de t'enlever.

— Je ne t'aurais pas opposé beaucoup de résistance, tu sais, articula-t-elle tandis que de grosses larmes coulaient le long de ses joues.

— Si seulement tu m'avais dit que tu étais enceinte…

— Mais je ne le savais pas ! s'exclama-t-elle. Crois-tu vraiment que j'aurais épousé Eric si tel avait été le cas ? Lui-même était bien trop fier pour l'accepter ! Je n'ai appris ma grossesse que plusieurs semaines après notre mariage !

— Pourquoi ne m'as-tu rien dit quand tu l'as su ?

— Je ne voulais pas que tu reviennes vers moi parce que tu te sentais piégé. Jess m'avait convaincue que tu avais hâte de te débarrasser de moi. Et puis, j'avais épousé quelqu'un d'autre et je ne pouvais pas lui imposer une telle humiliation...

— Alors vous avez préféré vous débarrasser du bébé, conclut sombrement Tyler. Vous l'avez fait en toute discrétion, sans même me consulter...

— C'est faux ! s'écria Asher d'une voix brisée par la souffrance et la colère.

Comment pouvait-il croire qu'elle était capable d'un tel acte ?

— Je n'ai pas avorté, poursuivit-elle. J'ai fait une fausse couche. Et j'ai failli en mourir. Mais peut-être aurais-tu préféré que ce soit le cas ?

— Une fausse couche ? répéta Tyler, interdit.

— Oui. Lorsque Eric a appris que j'étais enceinte de toi, il s'est mis à me haïr. Lui aussi croyait que je l'avais épousé en toute connaissance de cause. Il était sûr que j'avais sciemment trahi sa confiance, que j'avais voulu trouver un père pour mon enfant lorsque tu m'avais repoussée ! J'ai essayé de le convaincre qu'il se trompait, mais il n'a rien voulu entendre. Nous passions notre temps à nous disputer. Une fois, après une de ces affreuses discussions, je suis sortie en courant de notre chambre et je suis tombée dans l'escalier. Ma tête a heurté la rampe et j'ai perdu connaissance. Lorsque je me suis réveillée, j'étais dans une clinique. C'est là qu'Eric m'a annoncé froidement que mon bébé était mort...

— Mon Dieu, murmura Tyler, horrifié.

Il fit mine de prendre Asher dans ses bras, mais elle le repoussa de toutes ses forces.

— Je voulais te voir, te parler, mais je savais que cela ne ferait qu'empirer les choses. J'avais perdu notre enfant. J'avais perdu mon père parce qu'Eric l'avait convaincu que j'avais avorté. Et je t'avais perdu toi. Alors j'ai suivi les conseils d'Eric. Nous avons caché cet accident et nous avons fait semblant de vivre comme un couple normal. Mais il continuait à me haïr pour ce qu'il considérait comme une trahison. Pendant trois ans, j'ai vécu un véritable enfer. Et puis, j'ai décidé que j'avais suffisamment payé pour mes erreurs passées… Aujourd'hui, je ne veux plus continuer à me détruire. Je veux vivre, Tyler. Avec ou sans toi.

Incapable de contrôler le flot d'émotions contradictoires qui le submergeait, Tyler se dirigea d'un pas mal assuré vers la fenêtre de sa chambre qu'il ouvrit. Mais l'air nocturne ne suffit pas à dissiper le profond désarroi qui l'habitait.

— Est-ce que tu as été gravement blessée ? demanda-t-il enfin.

— Que veux-tu dire ? demanda Asher, surprise par la question.

— Lorsque tu es tombée dans l'escalier, est-ce que tu t'es blessée ?

— J'ai perdu le bébé…

— Je ne parlais pas de lui mais de toi, objecta-t-il en se tournant vers elle.

Elle le contempla avec étonnement. Personne, pas même son père, ne s'était jamais soucié de cela.

— Je ne me souviens pas très bien, articula-t-elle. J'étais sous sédatifs et la seule chose qui m'obsédait, c'était le fait que notre enfant était mort. Je sais que j'ai subi un certain nombre de transfusions. Mais cela n'a plus d'importance, Tyler…

Elle s'approcha de lui et le prit dans ses bras.

— J'aurais dû être là, murmura-t-il en la serrant contre lui. J'aurais dû être là pour te soutenir…

— Est-ce que tu m'aimes toujours ? lui demanda-t-elle d'une voix tremblante.

— Tu sais bien que oui, répondit-il. Je t'ai toujours aimée, Asher. Même lorsque j'aurais voulu te haïr. Ne pleure pas, je t'en prie. Il y a eu bien assez de larmes comme cela…

Il effleura sa joue avec une tendresse infinie.

— Nous nous sommes fait tant de mal, soupira-t-il.

— Cela n'arrivera plus jamais, lui promit-elle en souriant.

— Il ne doit plus y avoir de secrets entre nous, Asher.

— C'est promis. Ils nous ont déjà séparés à deux reprises. Est-ce que tu te sens capable d'essayer une fois encore ?

— Sans hésitation, répondit-il en riant. Et je suis sûr que ce sera la bonne. Je suis dans une bonne passe, ces temps-ci !

— Tu devrais être en train de célébrer ta victoire.

— Crois-moi, je ne m'en suis pas privé.

— Mais pas avec moi. Nous pourrions aller à mon hôtel et commander une bouteille de champagne au passage.

— Ou bien, nous pourrions rester ici et boire ce champagne demain.

— Je crois que c'est déjà demain, observa Asher.

— Alors, nous avons toute la journée !

Il fit mine de l'entraîner vers la chambre à coucher mais elle lui résista.

— Est-ce que ta proposition tient toujours ? lui demanda-t-elle en le regardant droit dans les yeux.

— De quoi parles-tu ?

— De ta demande en mariage.

— Evidemment ! s'exclama-t-il. Tu sais bien que je veux passer ma vie avec toi…

— Ce n'est pas une demande très académique, remarqua Asher d'un ton moqueur. Devrai-je te souffler la façon de t'y prendre ?

— Je sais ce que je suis censé dire, répliqua-t-il malicieusement. Mais je crois que je préférerais opter pour l'enlèvement.

Elle noua ses bras autour de son cou et effleura la bouche de Tyler des lèvres.

— S'il te plaît, insista-t-elle. Depuis le temps que je rêve de l'entendre…

— Très bien, soupira-t-il.

Il prit une profonde inspiration.

— Asher Wolfe, est-ce que tu veux bien m'épouser ?

Voyant qu'elle ne répondait pas, il fronça les sourcils.

— Je te signale que tu es supposée répondre oui, lui dit-il.

— J'hésite encore, déclara-t-elle. J'espérais quelque chose de plus fleuri. Un poème, peut-être, ou une chanson…

Il l'interrompit d'un baiser passionné qui lui coupa littéralement le souffle.

— Je suppose que cela fera l'affaire, déclara-t-elle, haletante, lorsqu'ils se séparèrent enfin. Je te donnerai une réponse définitive dans quelques jours…

Sans effort, il la souleva et l'emporta jusqu'à la chambre à coucher avant de la laisser tomber sur le lit.

— Peut-être dans quelques heures, ajouta-t-elle malicieusement.

— Tu parles beaucoup trop, Asher, soupira Tyler.

— Tu es sûr que tu ne veux pas connaître la réponse ? lui demanda-t-elle.

— Nous irons à la mairie dès demain.

— Je n'ai pas encore dit…

— Il faudra aussi que nous passions une visite médicale.

— Eh ! protesta-t-elle. Je n'ai pas encore répondu !

Il la fit taire d'un nouveau baiser, plus ardent encore que le précédent.

— Evidemment, soupira-t-elle enfin, avec de telles méthodes, je suppose que tu n'auras pas beaucoup de mal à me convaincre…

# Dès le 1er novembre,
# 5 romans à découvrir dans la

collection NORA ROBERTS

**Trois mariages chez les MacGregor - *Saga des MacGregor***

Patriarche et figure emblématique du clan, Daniel MacGregor ne peut qu'être immensément fier de ses trois petites-filles, Laura, Gwendolyn et Julia. Trois jeunes femmes, trois cousines unies par les liens du sang, mais aussi par une étroite amitié, et qui, après avoir brillamment réussi leurs études universitaires, ont décidé de s'installer ensemble dans une belle maison de Boston. Si Laura travaille dans le cabinet d'avocats de ses parents, Gwendolyn, elle, exerce avec passion son métier de médecin à l'hôpital de Boston. Quant à Julia, l'artiste, elle gagne sa vie en restaurant de vieilles demeures. Belles, intelligentes et brillantes, elles ont tout pour être heureuses. Enfin presque… Car elles refusent obstinément de se marier et de fonder une famille. Et devant cette décision insensée, Daniel MacGregor, désireux de voir la famille s'agrandir, décide de donner un petit coup de pouce au destin...

**L'éclat du danger**

Lieutenant de police à Washington, Seth Buchanan a la stupeur de voir surgir devant lui, bien vivante, la victime du meurtre sur lequel il enquête : Diana Fontaine, une jeune et célèbre mannequin, qu'on pensait morte assassinée dans son appartement. Le meurtrier a-t-il commis une erreur ? Et lorsqu'il s'en rendra compte, ne voudra-t-il pas à tout prix recommencer pour atteindre, cette fois, sa vraie cible ? Déjà désarçonné par la tournure que prend son enquête, Seth doit bientôt se rendre à l'évidence : conformément aux photos qu'on peut voir d'elle dans les magazines, Diana est bien d'une insolente et vibrante beauté. Une beauté qui le chavire et le touche étrangement. Et, avec le pressentiment que cette rencontre a déjà changé sa vie, Seth décide d'employer tout son talent d'enquêteur pour démasquer et faire arrêter celui qui, dans l'ombre, menace Diana…

collection NORA ROBERTS

## Secrets de famille - *Saga des Stanislaski*

*Natasha, Mikhail, Rachel, Alexi, Frederica, Kate : tous sont membres de la famille Stanislaski. De parents ukrainiens, ils ont grandi aux Etats-Unis. Bien que très différents, ils ont en commun la générosité, le talent, et l'esprit de clan. Et pour chacun d'entre eux, va bientôt se jouer le moment le plus important de leur vie.*

En trois ans, Natasha, l'aînée des enfants Stanislaski, a su faire de sa boutique l'un des commerces les plus florissants de Shepherdstown, une petite ville de Virginie-Occidentale. Une réussite qui la console d'avoir dû renoncer, quelques années plus tôt et dans des circonstances douloureuses, à sa carrière de danseuse étoile. A l'époque, elle avait ressenti le besoin vital de s'installer dans cette jolie ville tranquille, loin du clan familial, pour trouver un nouvel équilibre. Mais sa rencontre avec Spencer Kimball, le célèbre musicien new-yorkais qui vient d'arriver avec Freddie, sa petite fille de cinq ans, pourrait bien bouleverser de nouveau son existence…

## Aussi fort qu'autrefois

Des cheveux blonds, des yeux bleus tirant sur le violet, une silhouette élancée et gracieuse. Dès qu'il revoit Asher Wolfe, la célèbre joueuse de tennis, Tyler sent aussitôt le torrent tumultueux du désir et de la passion renaître en lui. Comment pourrait-il en être autrement, alors que trois ans plus tôt, il a vécu avec elle une intense histoire d'amour, avant qu'elle ne le quitte brutalement et n'abandonne la compétition ? Une rupture dont le souvenir l'emplit encore de colère, de frustration, et qui lui a laissé l'étrange impression que leur histoire ne s'arrêtait pas là. Pourtant, Tyler le sait, ces trois années ont laissé une blessure profonde dans leurs vies. Et bien des secrets et des mensonges se dresseront sur son chemin s'il veut reconquérir celle qu'il n'a pas oubliée…

collection NORA ROBERTS

## Les amants du Wyoming

Une seconde, c'est le temps qu'il a fallu à Samantha pour décider de quitter Philadelphie et se rendre dans le Wyoming où vit sa sœur jumelle. Pas question de laisser tomber Sabrina, sa complice de toujours, alors que celle-ci est enceinte et doit rester alitée jusqu'à la fin de sa grossesse. Mais une fois installée dans le magnifique ranch de sa sœur, Samantha sent bientôt un intense agacement ternir la joie des retrouvailles : Jake Tanner, leur voisin, est un homme horripilant et terriblement arrogant ! Pourtant, elle doit reconnaître qu'il est le plus bel homme qu'elle ait jamais vu, et qu'un seul de ses regards suffit pour faire battre son cœur. Une impression qui ne fait que se renforcer au fil des jours, et qui laisse Samantha de plus en plus troublée. Sans compter que Jake doit bientôt épouser une riche héritière, et qu'il n'y a sans doute aucune place pour elle dans sa vie…

Prochain rendez-vous le 1er février 2013

## A paraître le 1er novembre

*Best-Sellers n°535* •thriller

**Tourmentée** - Pamela Callow

Hantée par la mort de sa jeune sœur, fragilisée par une rupture amoureuse mais décidée à aller de l'avant, Kate Lange se lance à corps perdu dans sa carrière d'avocate, en Nouvelle-Ecosse. Mais le meurtre horrible de Lisa, la petite-fille de l'une de ses clientes venue lui demander conseil au sujet de l'adolescente, ravive ses blessures secrètes : aurait-elle pu empêcher ce drame ? Est-elle responsable de cette mort – comme de celle de sa petite sœur, morte 15 ans auparavant dans un accident de voiture dont elle seule a réchappé ? Tourmentée par le poids de ses doutes, déterminée à faire la lumière sur le meurtre de Lisa, Kate décide de mener sa propre enquête. Quitte à risquer sa carrière en s'exposant aux critiques acerbes et au regard d'acier de l'intransigeant Randall Barrett, son directeur de cabinet. Et sans savoir que le danger est toujours là. Car le tueur, lui, a déjà repéré sa nouvelle proie…

*Best-Sellers n°536 • roman*

**Le pavillon d'hiver** - Susan Wiggs

Désemparée et démunie après l'incendie de sa maison, Jenny Majesky accepte la proposition de sa grand-mère : s'installer au pavillon d'hiver du lac des Saules, la propriété familiale où, adolescente, elle passait ses étés. Loin de tout, dans ce décor sauvage empreint de nostalgie, la neige et le silence font resurgir en elle un flot de souvenirs : le premier – et l'unique – baiser de Rourke, le garçon qu'elle aimait alors, et, plus tard, la douleur muette dans ses yeux quand Joey, son meilleur ami, l'avait demandée en mariage. Elle avait tant espéré, pourtant, que Rourke se déclare ou lui fasse un signe… avant d'épouser Joey. Depuis, les années ont passé. Les non-dits et la mort tragique de Joey ont achevé de les séparer ; Rourke multiplie les conquêtes éphémères et, bien que la côtoyant tous les jours dans la petite ville d'Avalon, semble tout faire pour l'éviter. Aussi, quelle n'est pas sa surprise, peu après son installation, de le voir se présenter à la porte du pavillon.

*Best-Sellers n°537 • thriller*

**Pulsion meurtrière** - Erica Spindler

Eté 1983. Une femme est retrouvée pendue dans une maison inoccupée de Thistledown, dans le Missouri, après s'être livrée à des jeux sulfureux avec son amant. Des jeux que trois adolescentes trop curieuses avaient pris l'habitude d'épier. Persuadées que le compagnon de la victime a cédé à des instincts pervers et meurtriers, elles le dénoncent à la police. Mais il est trop tard, et l'homme disparaît du jour au lendemain sans laisser de traces. Quinze ans après ce drame, il resurgit brutalement dans la vie des trois amies. Courriers menaçants, coups de fil anonymes : Andie, Julie et Raven replongent dans l'horreur d'un passé qu'elles avaient cru pouvoir oublier. Et cette fois, il ne fait aucun doute que la folie de l'assassin ne connaît plus de limites.

*Best-Sellers n°538 • thriller*

**Et vos péchés seront pardonnés** - Nora Roberts

Washington DC, 15 août… Une étudiante est retrouvée assassinée. Puis une autre. Rien de commun entre ces deux femmes, sinon l'arme du crime : une étole de soie blanche qui a servi à les étrangler. Et la « signature » manuscrite du meurtrier : « Ses péchés seront pardonnés ». Très vite, dans la presse, le tueur psychopathe est surnommé « Le Prêtre ». L'enquête policière piétine… Au troisième meurtre, Ben Paris et Ed Jackson, chargés de l'enquête, font appel à une psychiatre, Tess Court, pour qu'elle les aide à établir le profil psychologique du tueur. « Le Prêtre », un tueur en série qui met en scène ses crimes avec un soin méticuleux, choisit soigneusement ses victimes : jeunes, belles, et blondes. Malgré la surveillance policière, les crimes continuent… Qui est ce tueur de l'ombre ? Pourquoi ne commet-il pas la moindre faute malgré tous les pièges qui lui sont tenus ?

*Best-Sellers n°539 • roman*

**La promesse de Beach Lane** - Sherryl Woods

Depuis plusieurs années, Susie O'Brien est engagée avec Mack Franklin dans un jeu amoureux troublant et ambigu. Mais en dépit du désir manifeste qui crépite entre eux, elle persiste à dire que leur relation n'est pas vraiment sérieuse. Et, triste coup du destin, au moment où Susie sent enfin naître en elle une envie d'engagement et de vie commune, elle apprend qu'elle est atteinte d'une maladie grave. Heureusement, Mack, pour lui prouver son amour et son soutien inconditionnels, la demande en mariage. Mais Susie est gagnée par l'inquiétude quand une ancienne petite amie de Mack arrive à Chesapeake. Comment être à la hauteur de cette femme qui a tout pour elle et qui éprouve manifestement toujours des sentiments pour Mack, quand elle-même doit affronter l'épreuve la plus difficile de sa vie ?

*Best-Sellers n°540 • anthologie*

**Magie d'hiver**

Les cinq histoires réunies dans ce livre explorent la magie d'un hiver scintillant de givre, où les flocons de neige offrent un écrin précieux à la tendresse et à la passion. Au fil des pages, les plus belles plumes du roman féminin feront miroiter les mille et une facettes de l'émotion amoureuse. Emotion bouleversante pour Laura et Gabbe qui, bloqué comme elle par une tempête de neige, va aider la jeune femme à mettre au monde un enfant. Intense émotion pour Adelaïde et Maxim, qui, au soir d'un réveillon pour le moins inattendu, vont devoir apprendre à s'apprivoiser. Emotion profonde pour Tracy et Graham, parents adoptifs d'une jeune orpheline à qui ils vont réapprendre la confiance et l'amour. Quant à Savannah et Trace, c'est à une adorable vieille dame qu'ils vont devoir le bonheur de leur rencontre de Noël. Et si Katharine ne peut se résoudre au mariage de raison que lui propose Daniel, c'est parce qu'elle l'aime en secret. Mais en cette période de fêtes, tous les espoirs ne sont-ils pas permis ?

*Best-Sellers n°541 • historique*

**L'ange du passé** - Judith James

*Angleterre, 17ème siècle*

En pleine tempête, alors que la guerre civile fait rage, Elizabeth découvre un homme presque inconscient sur le seuil de sa modeste demeure. Ses vêtements ne laissent aucun doute sur son appartenance : c'est un soldat, un ennemi de surcroît. Aussi Elizabeth hésite-t-elle : en portant secours à cet inconnu, elle se mettrait en danger, elle et tous ceux qui partagent son foyer. Mais ses hésitations volent en éclat lorsqu'elle découvre le visage du jeune homme. Ce regard intense, ces traits séduisants ne sont autres que ceux de William de Veres, l'ami d'enfance dont elle était éperdument amoureuse, celui qui, alors qu'ils n'étaient que des adolescents, lui a promis de toujours veiller sur elle ! Bouleversée, Elizabeth décide de venir en aide à William, au risque de se voir accuser de trahison. Une décision qui va complètement bouleverser son existence…

*Best-Sellers n°542 • historique*

**L'héritière de Boston** - Kat Martin

*Londres, 1859.*

Venue à Londres pour faire annuler son mariage avec Rule Dewar, Violet Griffin est convaincue que son époux sera soulagé par sa requête. Après tout, si, sur son lit de mort, le père de Violet ne l'avait pas supplié de prendre soin de sa fille, jamais le séduisant Anglais n'aurait posé les yeux sur elle. La preuve : depuis qu'ils ont échangé leurs vœux trois ans plus tôt, Rule n'a jamais remis les pieds à Boston, préférant mener une vie de débauche en Angleterre, sans même prendre la peine de se montrer discret.

Et pourtant, contre toute attente, Rule Dewar ne se montre pas aussi coopératif que prévu. Pis encore ! il impose ses propres conditions à Violet : pour obtenir son accord, elle devra accepter de vivre sous son toit pendant trente jours…